自重しない
転生付与術師の
らくらく辺境開拓
追放されることはわかってたので、すでに準備は万端です!
しんこせい illust. .suke
JN239427

ルナ
アスタの専属メイド。
アスタとともに辺境へ向かう。
おっちょこちょいだが、
実は有能。
アスタ
辺境伯家の三男に転生。
神童と呼ばれるも、
天職がハズレスキルだと
判明したことで三年後に
辺境に追放されることに…!?
ラグナ
凶暴な力を持つ奴隷。
売れ残っていたところを
アスタに救われ、
忠誠を誓う。

CHARACTERS

Jichoushinai tensei fuyojutsushi no rakuraku henkyoukaitaku

セバス

辺境伯家に仕える執事。
幼い頃からアスタの教育を
担当しており、辺境にも
同行することに。

カルロス

アスタの兄。
辺境伯家嫡男として
将来を期待されていたが、
アスタの出現で
立場が危うくなり…？

「……兄さん」
僕を信じて同行してくれる彼らには、
報いなくっちゃいけない。
もちろんこれから向かう先にいるであろう、
まだ見ぬ領民達にも。
僕の両腕は小さいけれど、だからこそ
自分で抱えることができるものくらい、
大切にしたいのだ。
「僕は今でも、
辺境伯に相応しいのは
アスタだと思っているよ」

自重しない転生付与術師のらくらく辺境開拓

追放されることはわかってたので、すでに準備は万端です!

しんこせい

illust.
.suke

Jichoushinai
tensei fuyojutsushi
no rakuraku
henkyoukaitaku

目次

プロローグ

荘厳なセント・ミリアナリア大聖堂の礼拝堂。

天井付近に設置されているステンドグラスから降り注ぐ色とりどりの光が目の前にいる神父を照らし、この場に神聖な空気を満ちさせていた。

周りにはたくさんの人の姿がある。ガルド辺境伯である父さん、ミスタレア・フォン・ガルド。母さん、長男のカルロス・フォン・ガルド兄さんに次男のルガス・フォン・ガルド兄さん。それだけじゃなくうちの家――ガルド家の家臣達の姿も見えている。

何対もの視線が向けられ、思わずごくりと唾を飲み込む。

「そう緊張する必要はありません。すぐに終わりますから」

柔和な笑みを浮かべている壮年の男性であるモントゴメリ大司教がこちらに手をかざす。

彼が精神集中を始めると、僕の身体がゆっくりと光り出した。

パッと一際《ひときわ》光が強くなったかと思うと、中空に一本の光の羽根が現れる。

それは左右に揺れながらゆっくりと下がってゆき、僕の身体の中に吸い込まれていく。

（あったかい……）

身体が淡く発光を始め、奥にある何か温かいものが、じんわりと染みこんでいくような感覚がやってくる。

今僕が受けているのは天職授与の儀――後天的な才能である天職を獲得することのできる、教会の秘技の一つだ。

天職はそのまま、個人が持つ戦闘能力に直結する。

剣士の天職を持つ兵士は他の兵士の何倍も早く剣が上達するし、そもそも魔法使いの天職を持つ人でなければ魔法を巧みに使うことができない。

ゆえにこの国では、九歳になれば全ての子供達が受け、その時点で将来の大部分が決まる。

もちろん天職が全てではないとはいえ、天から与えられた才能を活かすのと殺すのとでは、どちらが大成できるかなんて言うまでもないことだからだ。

新たな力が身体になじむと、全身を覆《おお》っていた光が消える。

ふぅ、と一息ついた僕は、目の前にいるモントゴメリ大司教の顔が引きつるのが見えた。

彼はゆっくりと口を開く。そして僕の運命は――大きく動き出すことになった。

「アスタ様の天職は――付与魔術師でございます」

ハッと息を飲むような音が聞こえる。

くるりと振り返れば、辺境伯である父さんは呆然とした顔で僕のことを見つめていた。

長男であるカルロス兄さんは複雑そうな表情をしており、次男であるルガス兄さんは明らかに嬉しそうな顔をしていた。

そんな悲喜こもごもの様子の中、僕は周りに悟られないように……ほっと安堵のため息を吐いた。

(良かった……カルロス兄さんと争わずに済んで)

天職は、血統と深い関係性がある。

優性遺伝のような形で伝わるため、子の天職は両親か祖父母のものになることがほとんどなのだ。

強力な天職を持つことは、そのまま貴族家の権勢に繋がる。

そのため貴族家の嫡子になることができるのは、その貴族家の天職を受け継いだ者という暗黙のルールがあるほどだ。

僕は小さい頃から巧みに言葉を操り、領地経営なんかにも口を出してしまったりしたせいで、いろいろと注目を浴びてしまっていた。

前世の記憶があり賢《さか》しらに立ち回ってしまったせいで、本来であれば三男である僕が継承者になるべきではなんて声が上がり出しているほどだったのだ。

これでもし僕の天職が辺境伯家の剣聖であれば、お家騒動に発展しかねない勢いだったのだ。

けれど僕に与えられた天職は付与魔術師。

元々戦うこと自体好きではなかったし、毎日の鍛錬もいやいややっているくらいに身体を動かすのも好きじゃなかった。

こうして僕──アスタ・フォン・ガルドは無事、辺境伯家の継承レースから外れることになった。

父さんや家臣達は僕から興味を失い、僕は三年後の成人時に辺境伯ですら見放すほどの辺境にある呪いの地の領主となることが決まった。

そして三年という月日はあっという間に流れていき──今日僕は、領都のガルドブルクを後にする。

「アスタ……本当に行ってしまうのかい？　あんなところにわざわざ行かなくても、領都に留まっておいた方がいいんじゃないか。僕が爵位を継いだら、もっと大都市の代官を任せてみせるし」

カルロス兄さんは僕より三つ上なので、御年十五。

線が細いが父さんの剣聖の天職を受け継いでいる、一騎当千の剣士だ。

この三年間で自信がついたからか、なるほどこれが辺境伯の継承者かと納得してしまうほどに、全身から貫禄のようなものがあふれていた。

僕が下手に剣聖の天職を受け継がなくて良かった。今の兄さんを見ていると、改めてそんな風に思ってしまう。

「いいんです、小さな土地をもらって適当にやっていくくらいが今の僕には合ってますから。

それに……呪いの地の開拓はやりがいもありそうですし」

カルロス兄さんは僕の言葉を黙って聞いていた。

兄さんは父さんに似た鷹《たか》のように鋭い目つきに、母さんの持つ優しげな雰囲気を併せ持っている。

「ああ、ちゃうちゃう！　そっちの魔道具は三台目の馬車言うとったやろ！」

荷物の搬入を行っているのは、商人のウルザ。

この三年間で僕が貯めた財貨と、それを引き換えに大量に購入した物資を運んでくれている。

中には家畜も含まれているため、馬車の中からは元気な鳴き声が聞こえていた。

「父さんもひどいことをするよ。実の息子を呪いの地に送るなんて……」

「しょうがないですよ、今は守る力より攻める力の方が重要な戦乱の世の中ですから」

時は乱世。

教会が停戦のお触れを出したことで小康状態にこそなっているものの、国内外を問わず小競り合いは頻発している。

貴族に求められるのは戦闘能力であり、攻めっ気だ。

それは僕にはないものだ。

けれど今にしてみると僕はこんな風に思うのだ。

僕が強さを持って生まれてこなくて良かった……と。

辺境伯としての重責なんて、僕には負えそうにない。

精々僕にできるのは、仲間達と共に歩んでいくことくらいなものだ。

僕のすぐ後ろにはメイドのルナが控えており、その隣には騎士ラグナがぴしっと直立不動で待機している。

馬車の周りを警邏《けいら》してくれている冒険者を取り纏《まと》めるザイガスさんに、既に馬車の中で酒盛りを始めている、鍛冶《かじ》の腕以外の全てを母親の中に置いてきてしまったマーテルさん。

彼らは皆、領都を出てまで僕についていくと言ってくれている、大切な仲間達だ。

僕を信じて同行してくれる彼らには、報いなくっちゃいけない。

もちろんこれから向かう先にいるであろう、まだ見ぬ領民達にも。

僕の両腕は小さいけれど、だからこそ自分で抱えることができるものくらい、大切にしたいのだ。

「僕は今でも、辺境伯に相応しいのはアスタだと思っているよ」

「……兄さん」

「アスタには物の道理を見極める賢さがあり、人を引きつけるカリスマ性がある。その才能の前には、戦う力があるかどうかなんて些末《さまつ》なことだと、僕は思うんだ。僕とルガス、二人の剣聖で君を支えていく――そんな未来が最良だったんじゃないかって」

「……」

僕は別に、そこまで大それた人間じゃない。

たしかに最初、周囲は僕のことを神童ともてはやしたけど、僕はそんなに大した人間じゃないのだ。

別に僕は、物の道理を見極められるわけじゃない。

僕はただ正解を知っているから、そこに至るまでの余計な道筋を省くことができるだけなのだ。

だって僕には――前世の記憶があるのだから。

人生二週目でリスタートができるなら、きっと誰だって神童にはなれるに違いない。

「君を呪いの地に縛り付けてしまうことが、辺境伯家にとって大きな損失になる――僕にはそんな気がしてならないんだ」

「買いかぶり過ぎですよ、兄さん」

全ての準備が終わり、僕はガルドブルクを後にする。

だんだんと遠くなっていく領都を見つめながら、僕は一度目と比べると随分と濃密な、第二の人生をゆっくりと思い出すのだった――。

第一章　第二の目覚め

周りの人達と話していているうちに抱いていた違和感は、年を重ねるごとに大きくなっていった。

成長するにつれ、その違和感はどんどんと大きくなっていく。

時間の流れが、自分と周りとで明らかに違ったのだ。

故郷では、全てがゆっくりと、ゆったりと流れていた。

集合時間に遅れる友人や、なんとかなるだろうと何もしない大人達。

自分だけがまったく別の世界で生きているような感じがして、毎日が息苦しかった。

ここにいたらダメだ、そんな強迫観念に駆られて死ぬ気で勉強した。

そして親の反対を押し切って、都内にある一流大学に合格した。

打てば響く会話、洗練されたカジュアルなファッション、成功者と惨めな敗者……都会はたしかに、自分自身と同じ速度で回っていた。

誰もが必死になって駆け回らなければ置いていかれてしまう都会の波が、最初は心地良かった。

けれどその潮流に流され、大学を卒業し社会人になってから数年もすると、田舎が恋しくなるようになった。

分単位でスケジュールを組み、常に社員同士で比べられ続ける外資系投資銀行の仕事は、簡単にいえば顧客にとってではなく、自分の評価が最も上がる金融商品を売りつける仕事だ。

どれだけ稼いでもそれを使う時間はなく、ただ通帳残高の数字だけが増えていく日々を送っているうち、俺は何をしても楽しさを感じないようになっていた。

試しにカウンセリングを受けてみると、結果は軽度の強迫性障害だった。

有休を消化しながら久しぶりの休暇を過ごしているうち、以前は嫌っていた全てがゆっくりと流れていく望郷の念が、強まっていることに気付いた。

そこで俺は悟ったのだ。

ただ急ぐだけの人生は、ひどくつまらないものであるということを。

無駄を愛し、余暇を友とし、暇を暇として楽しむ。

結果や効率に一喜一憂しない、人と争わない生き方。

故郷の田舎で送るスローライフこそが、今の自分に一番必要であるということに。

有休消化後に上司に辞表を叩きつけると、着の身着のまま車に乗り込み、故郷へ向かうため高速に乗った。

そこまでは覚えている。

けれどそこから先の記憶はない。

俺は……いや、僕は……

「アスタ様⁉」

「いつつ……」

気がつけば、さっきまで感じていたはずの、耐えがたいほどの激痛が綺麗さっぱり消え去っていた。

頭を押さえながら立ち上がって初めて、自分がベッドに横になっているのがわかった。

起き上がると、何重にも巻きつけられていた包帯がはらりと地面に落ちる。

別に血がべったりついたりしているわけではなくてほっとする。

僕が眠っていたのは外傷というより、体内から発される痛みが原因だったらしい。

「アスタ様！　セバス様、アスタ様がっ‼」

目の前にいるのは、メイドのルナ。

僕のおつきのメイドで、ちょっとおっちょこちょいなところもあるけれど人のいい十五歳の女の子。

くるりと辺りを見渡す。

最寄り駅から徒歩四分で着ける、家賃九万の１ＤＫと比べて明らかに広い室内。

薄暗い魔道ランプの灯りが僕とルナのことを、優しく照らしてくれている。

ドアを開いてこちらにやって来たのは、モノクルをかけ白髪をぴっちりと整髪しているスーツ姿の老年の男性だ。

所作に隙がなくやり手であることが一目でわかる彼は、執事兼家庭教師であるセバス。

僕がいる家、ガルド辺境伯家の家宰を長らく務めている、御年五十五歳の大ベテランである。

「アスタ様、ご加減はいかがでしょうか？」

「痛みは引いたよ」

先ほどまでぼやけていた意識が、しっかりとその輪郭を取り戻していく。

僕は……僕はアスタ。ガルド辺境伯家の三男であるアスタ・フォン・ガルド。

年齢は八歳。そして前世で好きだった食べ物はポテトチップスのガーリック味。

なるほど、僕はどうやら――異世界に転生したらしい。


僕の身を侵していた病は、こちらの世界では潮痛《しおつう》と呼ばれている病気だったらしい。

耐えがたいほどの痛みが不定期に全身に降りかかってくるという病気で、これにかかると大の大人でも泣きわめいてしまうらしい。

そんな病気にかかり常に強烈な痛みに晒され過ぎたことで前世の記憶を取り戻したんだから、人間万事塞翁が馬、何が起こるかわからない。

僕はどうやら二週間ほど寝込んでいたようで、立ち上がろうとすると身体がふらつく。

寝たきりの生活が続いたせいで、体力がかなり落ちてしまっているようだ。

ちょうど食事時ということもあったので、ダイニングへ向かうことにする。

動けるようになったのなら顔を見せるようにと父さんに言われていたので、自室で食べるわけにもいかないからね。

「ありがと、面倒かけてごめんね」

「いえいえ、これが私の仕事ですので！」

車椅子なんてものはないので、ルナの肩を借りながらゆっくりと歩いていく。

屋敷の中がはちゃめちゃに広いせいで、ダイニングに辿り着くまでも一苦労だ。

ゆっくりと頭の中で情報を整理しながら、僕は頭を抱えた。

(何やってるんだよ、今世の僕……)

現在僕の家であるガルド家は、後継者問題に揺れていた。

父である辺境伯には三人の息子がいる。

長男であるカルロス兄さん、次男のルガス兄さん、そして三男である僕だ。

本来なら家を継ぐのは長子であるカルロス兄さんになる。

ガルド家に代々伝わる剣聖の天職を持っていることもあり、カルロス兄さんの地位は盤石なはずだった。

けれどそこに、僕が現れた。

どうやらなんとなく前世の記憶の残滓《ざんし》があったらしい僕は、幼い頃から神童ともてはやされ、子供ながらにめちゃくちゃな優秀さを発揮させていたのだ。

休耕のためにクローバーを植えさせてノーフォーク農法で農業改革をするよう提案したり、木材なんかを使った上、総掘りの井戸を作らせたりと、自分で言うのもなんだがかなりやりたい放題やっていた。

そのせいで継承権を無視して僕が当主になるべきだという派閥ができてしまい、家宰であるセバスがわざわざ僕の家庭教師として領地経営のイロハなんかを教えるようにまでなっていたのだ。

ちなみに記憶を取り戻す前の僕に、辺境伯になるつもりは微塵《みじん》もなかった。

序列を乱してお家騒動が起こらぬようセバスが余計なことを教えようとする大人達を離してくれていたというのも大きかったけれど、何よりそんな先を考えている余裕などなかったのだ。

頑張ったら褒めてもらえる。だからたくさん頑張って、たくさん褒めてもらおう。本当にただそれだけの一心だった。

貴族家の三男坊というのはなかなか悲惨なものだ。

基本的に長男と次男のスペアとしての役目しか持たされていないため、家の中での肩身は狭い。その状況をなんとか打破するために、僕は必死だったのだ。

ただ前世の記憶を取り戻した今となっては、もうちょっとやりようがあったんじゃ……とは思うけどね。まだ幼かったし、そこまで考えが回らなかったのも仕方がない。

「遅かったなアスタ、体調はもういいのか？」

「はい、おかげさまでなんとかなりました」

ダイニングへ座ると、既に皆が勢揃いしていた。

料理が運ばれ、食事が始まる。僕はまだ復調しきっていないので、肉や野菜は細かく刻まれた病人食みたいなやつばかりだった。

食べ応えがなくて、なんだか悲しい。一刻も早く調子を取り戻さなければという使命感が、僕のハートをメラメラと燃やす。

「潮痛の治療のために高価な薬を買っていただいたと聞きました。ありがとうございます、父さん」

「何、アスタのおかげで稼いだ金を思えばほんの一部だ、気にする必要はない」

父さんは明らかに上機嫌な様子だった。

彼は僕のことを明らかに猫かわいがりしている。

この異世界は中世前後の文明を持っている、つまりは弱肉強食のなんでもありなバーリトゥードな世界だ。

国内外で争いの多い戦乱の世では、優秀な跡取りというのが何よりも重要視される。

大帝国を築いたアレクサンドロス大王然《しか》り、ローマ帝国の初代皇帝となったオクタウィアヌス然り、優秀な人間が権力を手に入れれば一代でとんでもないことになるのは歴史が示している。

僕のいるヴェスティア王国では長子相続が基本とされているが、これは慣習であって、別に王国法で明文化されているわけではない。

父であるガルド辺境伯も元は三男坊だったというのは誰でも知っているくらい有名な話だ。

生き馬の目を抜くような上級貴族の社会では、兄弟だって血の繋がった競争相手なのである。

その証拠に父と仲睦まじく話している僕を見たルガス兄さんは、明らかに不満げな顔をしている。

ちなみにカルロス兄さんは平気な顔をしているけれど、これは兄さんの人格ができ過ぎているだけだ。

食事を終えてから、僕はカルロス兄さんに時間を作ってもらうことにした。

こういうことは早ければ早いほどいいからね。

「どうしたんだいアスタ、君から話しかけてくるなんて珍しいじゃないか」

カルロス兄さんとは、兄弟だからといって特別仲がいいわけではない。

正直話をした回数も、片手に満たないほどだろう。

だからだろうか、彼の顔には強い警戒感が浮かんでいた。

自分の座を脅かそうとする弟からの呼び出し、何かあると考えるのは当然のことだ。

「兄さん、実は今日は一つお伝えしておきたいことがありまして」

「へぇ……一体何かな？」

兄さんの目がスッと細められる。

猛禽類《もうきん》を思わせる鋭い瞳は、正しく上級貴族とはかくあるべしという青い血を感じさせるものだった。

ひょっとして僕に宣戦布告でもされるのかと思っているのかもしれない。

実際はまったくその逆なんだけど。

「僕は辺境伯を継ぐ気はまったくありません。ですので兄さんにはそれを知っておいてもらいたいと思いまして」

「……へっ？」

張り詰めていた緊張が解け、兄さんが素っ頓狂な声を上げる。

こんな表情もするのか……当たり前だけど、僕って兄さんのこと、何にも知らないんだな。

「領地のことを思えばこそ、僕はいろいろと自分なりにできることを頑張ってきました。けれどそのせいでお家騒動になってしまっては本末転倒です。僕が願うのは辺境伯領の何よりの発展。ですので後に禍根《かこん》を残す前に、さっさと継承レースから身を引こうと思いまして」

「アスタ、……」

カルロス兄さんが、複雑そうな表情でこちらを見下ろす。

兄さんは努力の人だ。

僕も同じように頑張っていたからこそ、兄さんが部屋の灯りを点《とも》し、夜遅くまで勉強していたことを知っている。

カルロス兄さんは既に天職授与の儀で剣聖の天職を手にしているにもかかわらず、まったく鍛錬をサボったりするようなことはなかった。

むしろその分だけ自分に厳しい鍛錬を課しており、既に騎士団に交じって剣を振るうこともあると聞く。

剣聖を手に入れたことで手を抜くようになったルガス兄さんとは雲泥の差だ。

ただそんな彼であっても、特異な知識や異質な賢さを持つ僕のことは、不安材料だっただろう。

兄さんからすれば、僕のことは目の上のたんこぶに他ならなかったはずだ。

今後のことを考えた時、賢い兄さんなら僕を謀殺することもできたはずである。しかしそうはしなかった。

彼は自分に厳しく、そして他人には優しい人だったからだ。

きっとカルロス兄さんは、類いまれな領主として辺境伯領を盛り立てていってくれるに違いない。

今の僕は辺境伯になることに正直なんの魅力も感じないし、上級貴族としての重責を担うのもまっぴらだ。

というわけで僕はさっさと継承レースから下りる。僕を担ぎ上げようとする人達への忖度《そんたく》なんてする必要ないし。

「もっと早くに話しておくべきでしたね。僕はカルロス兄さんの立場を脅かすつもりなんて、微塵《みじん》もありませんでしたよ」

「そう……だね。たしかに僕達の間には、対話が足りてなかったかもしれない。あまり早く話し過ぎていたら、僕の方から身を引いていたかもしれないけど」

「え、どうしてですか？」

「アスタと話していると、子供と話している気がしないからね。なんだか父上と話している時を思い出すよ」

ギクッ！

な、なんという洞察力だ。

あんまり話し過ぎるとぼろが出ちゃうかもしれない。

まあ死ぬ気で隠さなくちゃいけないものでもないし、バレたらバレたで構わないんだけどさ。

「でもそれならアスタはどうするつもりなの？　僕が嫡子になったら家を出るの？」

「うーん、冒険者みたいな仕事をしてもいいですし、兄さんにどこかの領地の代官に任命してもらうのもいいかもしれないと思っています」

ただ何をするにしても、やはり大事になってくるのは天職だ。

戦う才能があるかどうかでも違ってくるし、僕が兄二人みたく剣聖の天職を継いでいたらさすがに外に出してもらえないだろうしね。

まったく、九歳になってからしか進路が決められないなんて。

天職システムって、メリットよりデメリットの方が多いんじゃないだろうか。

「アスタは頭が切れるし、頭脳労働の方が向いてるかもしれないね」

「あんまり頭を使うようなことはしたくないんですよねぇ」

前世の知識を使って商売で成り上がることも、できるかできないかでいえばできるだろう。

ただ僕にそれをする気はまったくない。

前世で都会疲れを起こしたせいか、僕は二度目の人生であくせく働くつもりがないからだ。

どこか片田舎の小さな村でももらい、スローライフを送ることができればそれでいい。

何かに追われずゆっくりのんびり過ごすことができれば、満足なのである。

「わかったよ。それなら僕の方でも何か打てる手はないか、考えておく」

「ありがとうございます。それともう一つだけいいでしょうか、兄さん」

「ん、何かな？」

「もし良ければ今後、定期的に話をする機会を設けませんか？　肉親と話すこともないというのは、その……少し寂しいので」

父さんはあまり口が達者な方ではないし、貴族教育に多くの時間を割くため、母上との会話も制限されている。

それゆえ僕は今まで、肉親とほとんど話をしてこなかったのだ。

そのせいで齟齬《そご》が発生して後ろから刺されたりしてはたまらない。

それにいくら上級貴族家だからといって、血を分けた兄弟とほとんど話さないというのは少し寂し過ぎる。

「……はぁ、僕は自分のことが嫌いになりそうだよ」

「ど、どうしてですか⁉」

よし、前世の記憶を取り戻した時は途方に暮れたけど、これでなんとか兄さんと話をつけることができたぞ。

去り際、兄さんはなぜかため息を吐いていたけど……一体どうしたんだろうか？

「アスタ様はそんなに頭が切れるのに、変なところで鈍感ですよね」

「ルナ、それどういう意味？」

「言葉通りの意味です！」

僕はなぜかプリプリするルナをなだめてからそのまま父さんと話をし、辺境伯家を継がない旨を告げることにした。

父さんは明らかに落胆した様子だったけど、下手に家を割るわけにもいかないと思ったのだろう、最終的には消極的な賛成をしてくれるようになった。

神童っぷりを発揮させて僕を盛り立てようという動きが二度と出ないよう、僕はそれ以後は下手に口出しをするようなことなく雌伏《しふく》の時を過ごし……そして九歳になり、天職授与の儀の日を迎えることになる。

大聖堂の中に、モントゴメリ大司教の声が響き渡る。

「アスタ様の天職は――付与魔術師でございます」

正直なところ僕が一番恐れていたのは、兄さん達と同じ剣聖の天職を引き当ててしまうことだった。

遺伝で手に入れやすいとはいえ、剣聖の天職はガルド辺境伯家にとって生命線ともいえる重要な天職。

これを持っている限り、家を出て外の世界に行くことはまず許されない。

ほっとしたというのが正直な感想だった。

まあどうやら父さんにとっては、そうではなかったようだけど。

「系統外魔法か……」

父さんの呟きが、しんっと静まった聖堂の中でいやにはっきりと聞こえてくる。

付与魔術師は魔法効果を物品に付与させ魔道具に変える、付与魔法に関する才能を手に入れることができる天職だ。

貴族家では魔法関連の天職は比較的当たりだとされている。

中でも最も重要視されるのは戦場の花形である火魔法使いで、その次に水・風・土の他の四元素魔法や、回復を行うことのできる光魔法が出れば分家を興すことを許されたりすることも多い。

けれどそんな中でも付与魔法などを始めとする戦闘に寄与しない魔法は系統外魔法に分類されており、四元素魔法や光魔法と比べると、一段も二段も低く見られている。

貴族家において最も尊ばれるのは、前線で一騎駆けを行い、単騎で敵陣を割れるような戦闘能力だからだ。

戦闘能力のほとんどない系統外魔法の使い手では、国内外で紛争や係争の絶えない領地を治めていくことができないからである。

天職授与の儀が終わると、僕は父さんに呼び出されていた。

その場にはなぜかカルロス兄さんの姿もある。

父さんは明らかに落胆した様子だった。

どうやらまだ僕を当主の座につけることを諦めていなかったらしい。

当人の僕には、そのつもりがまったくないのにね。

「まさか系統外魔法の使い手……よりにもよって付与魔法の使い手が我が家から出るとは……」

魔道具を作る付与魔法や武器を作る鍛冶魔法などは、系統外魔法の中でも生産系と呼ばれ、その使い手の地位は非常に低い。

生産系の天職持ちというだけで、貴族社会では笑いものになることも少なくないと聞く。

貴族が職人達と肩を並べて製作に取り組むわけにもいかないし、そもそも貴族というのは領民である職人達を監督する立場の人間だ。

したがって物作りをする才能なんてものはまったく必要がないのである。

生産系の天職持ちにはあぶれている人間も多いから、雇えばそれで済んじゃうことも多いと聞くしね。

「お前がガルド辺境伯家を継ぐ目は完全に消えた。当初の予定通り、カルロスが家を継ぐことになるだろう。まさかこんなことになるとは思っていなかったが……」

「……」

僕がまったく顔色を変えなかったからだろう。

父さんが不思議そうな顔をしてこちらを見下ろしていた。

「随分と平然としているのだな」

「はい、前から言っていましたが、自分は辺境伯家を継ぐことにあまり魅力を感じていませんので」

「そうか……」

優れた長男とダメな次男、そして長男より才能があふれている（ように見える）三男。

頑張って領主の座をもぎ取った父さんからすると、いろいろと思うところがあるのかもしれない。

「父上、以前から話をしていた通りでしょう？」

「ああ、そうだな……カルロスの言っていた通りだ」

カルロス兄さんが取りなしてくれたおかげで特に険悪なムードになったりすることもなく、話が進んでいく。

一応僕とカルロス兄さんの間で、事前にいくつかパターンのシミュレーションはしていた。

その中では当然、僕の天職があまり戦闘向きではなかった場合のことも想定されている。

僕が戦闘を生業《なりわい》として生計を立てることが難しくなった場合、僕は成人までに領地経営のイロハを叩き込まれながら、どこか中規模くらいの領地を治めるつもりでいた。

けれど今回のように、僕が付与魔術師の場合だと、それも少し難しくなってくる。

「僕個人としてはウェドルナかカシルナ、もしくはソバジュ辺りがいいかと思っていたのですが……」

「無理だ、付与魔術師が領主になれば間違いなく足元を見られるだろう」

カルロス兄さんの言葉に、父さんが首を横に振った。

貴族社会では何よりも面子が大切だ。ヤンキー文化よろしく、舐められたら負けなのである。

立場の低い付与魔術師の天職持ちというだけで、僕は貴族社会で舐められることになる。

それは近隣の領主からも舐められるということであり、それだけで円滑な領地経営をすることは一気に難しくなる。

基本的に領都に近いほど栄えているため、僕に与えられる規模の街となるとどうしても他領と領境を接する地帯になる。

他の貴族と取引をすれば足元を見られることになるだろうし、戦闘能力がないからと紛争を起こされたりする可能性も増える。

そんなところに僕をつけるのは正直リスクしかない。

「まさか本当にこうなるとはね……アスタにはここまでお見通しだったってことかい？」

「兄さんは僕を買いかぶり過ぎですよ。ただ念には念をと思っていただけです」

僕を見たカルロス兄さんが、フッと笑う。

兄さんの中で一体僕はどんな神童になっているというのか、ちょっと不安に思うレベルである。

一応事前に、話だけはしておいたのだ。

もし僕が手に入れることになった天職がどうしようもないものだった場合の、最悪に備えた手立てのことも。

僕は兼ねてから、ある土地に目をつけていた。そしてここであれば、僕と父さんの双方が損することなく動くことができる。

「父さん、一つ進言したいことがあります。僕に――呪いの地をくれないでしょうか？」

「……さすがにこれ以上は驚かないものと思っていたが……まさかそんなことを言い出すとはな」

目を丸くする父さんの隣で、カルロス兄さんは不安そうな顔をしていた。

呪いの地とは、東側の大貴族であるガルド辺境伯の北方にある領土のことを指す。

名目上は領土であるにもかかわらず名前がついていないことからもわかるように、完全に手つかずとなっている場所である。

ヴェスティア王国の中では東側に位置して東伯などと呼ばれることもあるガルド家は、東側にある領境のほぼ全てが魔物の棲む魔境とかち合っている。

そのため東側以外の三方は比較的平和なのだが、未開拓の地域がまだまだ残っている。

その中でも最も曰《いわ》く付きとされ忌避されているのが、この北方の呪いの地だ。

「呪いの地であれば、僕が土地を承継することに関してとやかく言ってくる人間はいないでしょう」

「むしろ使えない天職の三男を見放し、呪いの地に追放するというのは、貴族としては褒められるべきこと。下手に僕を厚遇するより臣下からの心証も良くなるはず……と、アスタが言っていました」

僕が提案した時に話したことを、兄さんが補足してくれる。

使えない息子を追放する先に、呪いの地はうってつけなように見える。

戦闘系の天職以外は人にあらず的な考え方をする貴族は決して少なくない。

僕を厚遇するより冷遇しているように見せた方が、外からも内からも受けは良くなるはずだ。

更に言っておくと呪いの地って実は僕とは相性がいい。

ここが人気がなくて手つかずなのにはいくつかの理由があるんだけど、正直なところそれは前世の知識を持つ僕からすると、まったく気にならないことばかりだったからだ。

僕も父さんも得をする一挙両得とは正にこのこと。

「あそこは管理したいと言い出す者もおらずほとんど放置されている場所だ、渡すこと自体は構わないが……アスタはそれでいいのか？」

「はい、呪いの地をしっかりとした領地に変えることができるのは、きっと僕しかいないと思いますから」

僕の決意を見て考えは変わらないと悟ったのだろう。

ゆっくりと頷いた父さんが、テーブルから羊皮紙を取り出すと、羽根ペンを使って契約書を書き始める。

「そうか……わかった。それでは成人になると共にアスタには呪いの地を渡すことにしよう。お前としても確証がないと不安だろうから、契約書という形で書面をしたためておく……よし、これでいいだろう」

手渡された羊皮紙には成人になると共に僕が呪いの地を引き継ぐこと。

そして開拓が進むまでは税を取らないことなどいくつかの優遇措置が記されていた。

「元々徴税官を行かせてもほとんど税が取れないような地だからな、しばらくの間無税になろうが問題はない。苦労をかけることになるだろうから、これくらいはな」

「……ありがとうございます。正直なところ、父さんの考え次第では、この場で殺されることも覚悟しておりました」

「……そんなことはしない、血の繋がった息子を何の咎《とが》めもなしに殺すほど、俺は薄情ではないぞ」

父さんの顔を見て、その顔がカルロス兄さんとダブる。

よく考えれば僕は、父さんともほとんど話をしてこなかった。

もしかすると父さんは僕が思っていたほど、冷酷な人間ではないのかもしれない。

「お前はこれから呪いの地を再生させるのだろう？　ガルド家に、優秀な人材を遊ばせておくほどの余裕はないからな」

「……ええ、任せてください」

今後は、積極的に話をする機会を作ることにしよう。

残された期間は三年しかないけれど……その間でも家族の絆を育んでいくことは、きっとできるはずだから――。

第二章　残された三年間

次の日から、僕は早速動き出すことにした。

十二になって成人するまでに残された時間は三年間。

中学入学から卒業までと聞くと長いようにも感じるが、二十五から二十八までと言われると途端に一瞬に感じるから不思議だ。

付与魔法についてもいろいろ試したいことはあるけど、それよりもまず気になるのは呪いの地についてのことだ。

まずは家に置かれている資料を使って、呪いの地についての下調べをしていくことにした。

いろいろと問題がありそうなので今すぐ視察に行くのは難しいかもしれないけど、事前に資料で調べることはできるからね。何事もできることからコツコツだ。

「父さん、資料室に入ってもいいでしょうか」

「ああ、ただ資料の持ち出しは禁止だ。それと筆写するものがあった場合は、しっかり確認を取るように」

父さんからはあっさりと許可が出た。

資料室はいくつもあったが、長年放置されていた呪いの地は重要性が低いからか、僕らが案内されたのは第三資料室だった。

「けほっけほっ……長年誰も使っていなかったからか、随分とほこりっぽいね」

「アスタ様、わざわざアスタ様が動かずとも私がやります！　メイドの仕事ですから」

「そう？　じゃあお願いしようかな」

なんでも自分でやっていた頃の前世の記憶が強く焼き付いているからか、僕は使用人の手を借りて何かをするのが苦手だ。

記憶を取り戻してからというもの、公的な場以外では何でも自分でやってしまっている。

そのせいでルナから口を出されることもしばしばだったりする。

「なるほどねぇ……」

呪いの地に関して記された資料は、合わせても薄い文庫本一冊にもならないほどに少ない。

まず呪いの地の広さだけど、結構なサイズがありそうだ。

地図がふわっとしているので信憑性に欠けるところはあるけれど、下手すると領都より大きい可能性すらある。

そもそも人が住んでいる部分自体が全体の一部らしく、おそらく全ての土地でしっかりと開墾ができれば辺境伯領で有数の穀倉地帯になることだろう。

ただここの開墾をするのは、実はかなり難しい。

おそらくだけど僕が領地で開拓団の呼びかけをしても、ほとんど人が集まらないというくらいに。

「何かわかったんですか、アスタ様？」

「うん、とりあえず以前行っていた徴税請負人が無能だってことがわかったよ」

　この資料は祖父から徴税権を買い取り、呪いの地へと向かった徴税請負人によって記されていた。

　彼らは傭兵と冒険者達を引き連れ、徴税権以上の金をむしり取ろうと意気揚々と出発し、その全てに失敗している。

　資料自体すごく見づらいことからも無能だったとわかるけど、彼らの失敗の直接の原因は、呪いの地に以前から住んでいる者達の存在にある。

　彼らは獣人と呼ばれる、いわゆる亜人達だった。

　歴史書を紐解くと、かつては獣人達が国を築いていたこともあったようだが、それも今となっては昔の話。彼らは現在、王国の各地に点在しながら独自の文化を育んでいると聞く。

　何百年か前に亜人達は戦争に敗れ、国を失った彼らはどんどん居場所を追われていくようになっていった。

　居場所をなくした多くの獣人達は、その終着点ともいえる呪いの地に棲み着いたということらしい。

「耕作指導や入植じゃなくて奴隷狩りをしようとしているのも良くないね。そもそも呪いの地の徴税権を買ってる時点で頭は良くないんだろうけど」

「ア、アスタ様がそこまで人のことを悪く言われるのは珍しいですね」

「……そうだね、多分今の僕は怒っているんだ」

国がなくなり亜人の数が少なくなったことで、その稀少価値は高くなっている。

そのため徴税請負人達は呪いの地にいた獣人達を奴隷として捕獲しようとし、その試みの全てが失敗に終わっていた。

なんでも呪いの地には強力な魔物が多数出現し、それをけしかけられる形で逃げることしかできなかったらしい。

今世では基本的に何があっても怒ることがなかった僕だけど、今はなぜか無性に腹がむかついた。

奴隷狩りなんかに頼らなくても、しっかり農業をしてもらえば税収を上げることはできるはずなんだ。

どうやら獣人はかなり身体能力が高いみたいだし、作業効率にも十分期待が持てそうだ。

「現地をよく知っている獣人達と敵対してもいいことはないよ。それに僕が領主となる以上、彼らだって僕が養わなければいけない領民になるんだ。無体な真似はしないしさせない」

「ア、アスタ様……素晴らしい心構えです！」

うるうると目を潤ませながら感動しているルナと一緒に資料室を後にする。

広い土地とそれを開拓するために必要な器具類……アイデア自体は思いつくけれど、それを全部できるほどの力は今の僕にはない。

（まあ、腐っていてもしょうがない。できることからコツコツとやっていくしかないよね）

一応成人するまでお小遣いはもらえるし、家を出る三年後には最低限の支度金はもらえることにはなっている。

けれど僕がやろうとしていることを考えると、お金はまったく足りていない。

本気で開拓をしようとするのなら、金策の方もなんとかしなくちゃいけないな……と思いながら自室に戻る。

「よし、今から集中するから、ルナはちょっと静かにしててね」

「そんな言い方しないでくださいよ。それじゃあ私がいつもやかましいみたいじゃないですか」

「あ、自覚はあったんだ」

「ひどすぎます!?」

呪いの地の情報収集は終わったので、次にやるのは自分の力の把握。

――つまりは自分の天職である付与魔術師にできることの確認だ。

自室に戻ると、いつも勉強用に使っている机の上に、昨日寝る前に試作してみた魔道具――魔導ランプもどきが置かれていた。

自分の持つ付与魔法の力を確かめるために作ったものなので、初歩の初歩、魔道具とも呼べないようなものだ。

試しに手で触れてみると、魔導ランプもどきは僕の手に反応してうっすらと光り始める。

これだけで夜道を歩くのは怖いなと思うくらいの微々たる光量だけど、一応光っていると言っていいだろう。

「あれ、こんなところに魔導ランプありましたっけ。しかも切れかけというか、なんだか光が弱々しいような……」

「ああうん、僕が作ったからね」

「アスタ様が作ったんですか⁉」

「うーん、でもいまいち光量が弱いな……」

この魔導ランプもどきに使っているのは、ごく一般的な魔導ランプ製作に必要な材料一式。

執事のセバスに用意してもらったので、バッタ物を掴《つか》まされているようなこともないはず。

となると家にあるランプほど綺麗に発光していないのは、純粋に僕の付与魔法の力が足りていないから、ということになる。

「いくつか素材は用意してもらったし、とりあえずどんどん作っていこうか」

昨日は急いで用意してもらったので魔導ランプの素材はワンセットしかなかったけど、一晩明けたことで僕の部屋の中にはいくつか魔道具の材料が並んでいる。おそらくセバスから追加でもう何セットかは届くはずだ。

「まだ未成年だし、今の僕にできることは少ない。だからまずは付与魔法を上達させて、お金を稼げるようになろうと思ってるんだ」

「アスタ様は……いえ、ルナはただアスタ様についていくだけです」

もごもごと口を動かしたルナは、ぐっと握りこぶしを作ってファイティングポーズをする。

そのままシャドーに入るが、慣れていないせいでストレートがへろへろだった。

一般的に、貴族社会では自分があくせくと働くことは恥ずかしいものとされている。

付与魔法や鍛冶魔法関連の天職が馬鹿にされることが多いのには、誰かに働いてもらうのが当然という通念的なところもあるのだ。

ただ僕は父さんからもらえるお小遣い以外にも、お金を稼ぐ手段を手に入れておく必要がある。

何せ最初の頃はろくに税収も期待できない呪いの地を立て直すのだ。お金なんていくらあっても足りないはず。

そして今の僕にできる唯一の金策は、魔道具作りで黒を出すこと。

「よし、それなら早速始めようか」

何がダメだったのかを確かめるためにも、もう一度魔導ランプもどきを作ってみることにする。

まずは箱に入っている材料を取り出す。

魔導ランプの材料は木製のスタンドとちょっとゆがんだガラス玉の二つだけ。

構造は非常にシンプルになっていて、スタンドの裏側には魔石を入れるためのスペースがくりぬかれている。

魔石というのは魔力の籠もった石……わかりやすく言えば、魔道具を動かすための電池みたいなものだ。

まずはガラス玉をスタンドにはめ込む。

そしてスタンドを握り、意識を集中させる。

今まではまったく使えなかった付与魔法の使い方が、瞬時に脳裏に浮かび上がってくる。

付与魔法を使うために必要な工程は三つ。

まず最初に自分の体内の魔力を凝集させ、次にその魔力をしっかりとイメージした状態で体外に放出する。そして最後に魔道具の顕界情報を魔法を使って弄ることで、魔道具は完成する。

一つ目と二つ目はわかりやすいけど、三つ目は少しわかりづらいかもしれない。

顕界情報というのは、簡単にいえばその道具自身が持っているデータのことだ。

たとえば今魔道ランプを作ろうとしている二つの素材の顕界情報は木のスタンドとゆがんだガラス玉であり、これをくっつけたことでガラス玉のついた木のスタンドという表記になっている。

付与魔法はこれを、己の魔力を使うことで書き換えることができる。

『ガラス玉のついた木のスタンド』という情報を、『木を通った魔力を使いガラスを光らせる魔導ランプ』に書き換えるというわけだ。

付与魔法は物体に魔法を付与させるというより、魔法を使うことで物体そのものの存在を変化させてしまう魔法といった方が正確かもしれない。

（まずは魔力を集めてっと……）

僕は天職授与の儀を受けるまで、魔力をまったく知覚することができなかった。

けれど付与魔法の才に目覚めたことで、今の僕は身体の中にある魔力を、あたかも最初から知っていたかのように自然に知覚することができるようになっていた。

全身を巡る、血液に似た何か。

血よりもずっと躍動的で、ものすごい速さで体内をぐるぐると回っている。

それを胸の辺りに固定し、凝りをほぐすように肩から肘、そして手首へと動かしていく。

指先にしっかりと留めることができたら、次は第二段階だ。

ここでは僕がどんな魔道具を作りたいのかということを明確にイメージしておく必要がある。

昨日初めて作った時は、我が家で使っている魔導ランプをイメージした。

ただ付与魔法の腕が足りていない現状だと、それではかなり光量が足りない結果に終わってしまった。

もっと強い光をイメージするべきだろう。

強い光……パッと思いつくのは前世の調光式のＬＥＤ電灯とかどうだろうか。

リモコン一つで光量を自在に調整できるあの電灯の最大光量をイメージしながら魔力を放出していく。

次が最終段階の顕界情報の書き換えだ。

感覚としては前世でいうところのプログラミングのコード修正に近いかもしれない。

気をつけなければいけないのは元の味を殺さずに、けれど魔道具として高い機能を残すこと。

付与魔法は顕界情報さえ書き換えてしまえばなんでもできるような万能な力ではない。

ガラス玉のついた木のスタンドを無限にダイヤモンドを生み出す宝箱に変えるなどという芸当は一流の付与魔術師であっても不可能なのだ。

その理由は二つある。

一つは使う材料の情報強度、そしてもう一つが付与魔術師としての腕だ。

情報強度は、いわば付与魔法でどこまで弄ることができるかというメモリ容量のようなものと思ってくれればいい。

この世界に数多ある物品は、それぞれ情報の強度が違う。

たとえばゴブリンの鼻とドラゴンの鱗《うろこ》では、後者の方が圧倒的に情報強度が高い。

そのためリソースの多いドラゴンの鱗を使った方が、弄れる顕界情報が多い分、それだけ性能のいい魔道具を作ることができる。

ただどれだけ情報強度が高くとも、元とかけ離れ過ぎたものを作ることができないというところには注意が必要だ。

付与魔法において、素材の元の形を壊すような書き換えは不可能なのだ。

スタンドという材料を使った時点で、作ることができる魔道具はスタンド型に限られる。

また材料が普通の木材である時点で情報強度が限られてくるため、弄れる顕界情報の情報量が少なくなる。

必然としてその魔法効果は低いものとなる。

けれどそこを覆《くつがえ》す可能性があるのが、二つ目の付与魔術師の腕だ。

一流の付与魔術師であれば、十把《じっぱ》一絡《ひとから》げのガラクタを魔道具に変えることだってできる。

いかに明確にイメージをして、顕界情報を書き換えることができるか。

イメージした強力な光源を下に、スタンドの顕界情報を書き換えていく。

始めて二日目の僕の付与魔法の腕は未熟で、使う材料も魔道具の中では最底辺に近い魔導ランプのもの。

情報強度がめちゃめちゃ低いせいで、まともに魔法を付与することも難しそうだ。

使う魔力量は少なく、けれど光量は強く。

少しでも魔法効果を強めるために情報を圧縮し、書き換えていく。

「……」

極度に集中しているからか、周囲から一切の音が消える。

時間が引き延ばされるような不思議な感覚だった。

永遠にも一瞬にも思える時間が経った後、気付けば魔法効果の付与は終わっていた。

「アスタ様」

ルナにタオルでぐいっと顔を拭《ぬぐ》われる。

気付けば全身から、滝のような汗が流れていた。

「ふぅ……」

魔法付与の結果が上手くいったのかどうかは、実際に使ってみないとわからない。

机の中に入れていた魔石を取り出し、スタンドの裏にあるスペースにはめ込む。

バネはないというのに、職人の腕がいいからか、最下級であるゴブリンの魔石に空いた穴はぴったりとハマった。上に蓋をかぶせてから机に置き、しげしげと眺める。

魔導ランプにスイッチはついていない。

人が触れることで人体にある微量な魔力を吸い込み、オンオフができるようになっている。

緊張の面持ちのままゆっくりと手を近づけていくと、後ろにいるルナが唾を飲み込む音が聞こえてきた。

「ごくり」

違った。緊張し過ぎてごくりって口で言ってた。

ルナのおかげで身体の震えは止まった。

僕の手がゆっくりと魔導ランプに触れ――――ピッカアアアアッッ！

「きゃあああああああ!?」

「目がぁ、目があああああああっっ‼」

この世界の魔導ランプ準拠の明るさに慣れた僕達は視界が白飛びするほどの強烈な光に襲われ、執事のセバスが慌ててやって来るほどの大声を上げてしまうのだった――――。


ルナと一緒に見事なまでにバ〇スした翌日、無事回復した僕らは再び魔導ランプに挑むことにした。

「アスタ様、目の方は大丈夫ですか？」

「うん、見たばかりの時は視界がチカチカしてたけどもう平気だよ」

「気をつけてくださいよ……いきますっ！」

ルナが恐る恐る魔導ランプに触れる。

今回は二人とも直視しないようランプから目を逸らし、更に万全を期すためにサングラス代わりに煤《すす》をつけたガラスも用意している。

さすがにここまで準備をすれば、同じ失敗をせずに済んだ。

ゆっくり直視してみるが、目を焼かれずにしっかり魔導ランプを確認することができる。

「すごいです……こんな魔導ランプ、見たことがありません」

「たしかに、僕が今まで見てきた魔導ランプの中でも、一番明るいかも」

目の前の魔導ランプはかなり強い光を放っている。

イメージしたＬＥＤランプの最大光量よりもう少し明るいくらい……頭上にこれがあったら眩しくて生活できないくらいの明るさだ。

僕は辺境伯家の一員として生活していたのでいろいろな魔道具に触れる機会はあったけれど、それでもこれほど明るい魔導ランプを見たことはない。

一体なぜ、付与魔術師としては素人に毛が生えた程度の僕がこれほどのものを作れたのか。

一晩考えてなんとなく仮説は立てられた。

多分だけど……イメージできるものの違いだろう。

前世の記憶がある僕は光が強過ぎてライブでの持ち込みが禁止されたサイリウムや、レーザーポインターやスタングレネードといった、この世界には存在しない眩しいものを知っている。

そんな僕のイメージ力が補完する形で、想定より強めの魔導ランプができてしまったのでは、というのが僕の推測だ。

そこまで付与魔法の腕が高くない今でこれとなると……ひょっとして現代知識を持っている

今の僕って、かなりチートな状態なのかもしれない。

「これだけ明るければ、辺境伯家の大広間にも使えるかもしれません」

「たしかに、父さんに一度相談をしてみるのもありかもしれないね」

もし安定してこの性能の魔道具を作ることができるのなら、父さんは良いお得意様になってくれるだろう。

それなら纏めて話をしにいった方がいいと思うので、他の魔道具も作ってみることにした。

用意してもらった材料は、魔道具の中では比較的オーソドックスなものばかり。

調理の際に火をつける点火の魔道具に、手洗いの時に水を出す湧水の魔道具も付与魔法を使って作ってみることにしよう。

魔導ランプはとにかく光量を上げることを意識したけど、点火や湧水の魔道具は量を出せればいいというものではない。なんでもかんでも強力にすればいいってものじゃないしさ。それにこれらの素材だと情報強度がそんなに高くないのでリソースにも限りがある。だとしたらアプローチを変えて作ることに注力した方がいい。

少し考えた結果、従来の魔道具とは違うというところを示したいので、点火の魔道具は炎の出るところを従来より遠ざける形で火傷の心配が減るように、湧水の魔道具は量は出せなさそうだったので、使う魔力量を減らす方向で付与魔法を使ってみる形にすることにした。

「あ、危ないので実験は外でやりましょう！」

そんなに心配しなくても今回は大丈夫だと思うんだけど……どうやらあの魔導ランプがルナのトラウマになってしまっているらしい。

ルナの提案に従い屋敷の外に出ると、こちらに手を振る兄さんの姿が見えた。

軽く振り返してから、そのまま点火の魔道具を使ってみる。

「うん、これは……チャッカ◯ンだね」

「誰かのお名前ですか？」

「ぷっ、そんな変な名前の人がいるわけないじゃない」

「わ、笑わないでくださいよ！」

点火の魔道具は、手持ちサイズの円筒状のケースに魔石をはめ込むようになっている。円筒のすぐ側に火が出てしまうため、握りが火に近いと火傷をしかねないちょっと危ない作りをしているのだ。

けどそこを火力はそのまま、火が出るところを従来のところより数十センチほど離すことができた。火力も安定していて、線香とかに火を点けるのにちょうど良さそうな様子は正しくチャッカ◯ンそのもの。これなら、着火で火傷をする人の数を大きく減らせるだろう。

また、湧水の魔道具の方も問題なく稼働することがわかった。

同じ魔力で出せる量は普通の湧水の魔道具と比べて二倍程度だったけど、初心者が作ったにしてはいいものができたのではなかろうか。

手土産もできたので、父さんに早速話をしにいくことにする。

父さんは僕が作った魔道具を見て、言葉を失っていた。

ぷるぷると身体を震わせながらこちらを見て、今までに見たことがないほどに目をかっぴらく。

「……」

「ちょ、おま……なんだこれは⁉」

「なんだこれはって言われても……僕が作った魔道具ですけど」

「本当にアスタが作ったのか⁉」

「はい、私もこの目で見てましたので間違いありません」

後ろにいるルナがそう断定しても、父さんにはそれが信じられないようだった。

うむむと唸りながら、消えた魔導ランプに手を触れる。あっ、そのまま見たら……

「ぎゃあああああっ‼　目があああああっっ‼」

衝撃のあまり僕らが伝えていた注意を忘れたらしい父さんの網膜が見事に焼かれる。

慌てて駆け寄るが、スッと手を前に出した父さんに止められる。
二、三回瞬《まばた》きをすると、視界が回復したらしくいつも通りに戻る。
どうやら身体の回復が早いのは、剣聖の天職の効果らしい。

なるほど、戦闘用の天職持ちは身体の作りからして僕達とは違うようだ。

そりゃあ天職持ちじゃなくちゃ領地を治められないとかいわれるわけだよね。

「これは……すさまじいな」

辺境伯である父さんが相当に動転するくらいの代物らしい。

あれ、もしかして……

「僕、やり過ぎちゃった？」

「今更気付かれたのですか……」

「はぁ、ルナにも苦労をかけるな……」

なぜか父さんがため息を吐きながらルナをねぎらった。

そんな僕がダメな子みたいな態度、やめてくれると助かるんですけど⁉

「とりあえずしばらくは我が家で使って使用感を試してみることにしよう。魔道具ギルドとの兼ね合いもあるから、あまり派手に動き過ぎるわけにもいかないしな」

「魔道具ギルドと？」

魔道具ギルドは王国にあるギルドのうちの一つで、主に魔道具などの技術を管理している。

彼らが蓄積した技術をあまり外に出さないせいで、魔道具ギルドに所属していない野良の職人とギルドに所属する魔道具職人とは大きな技術格差ができている。

魔道具ギルド自体中央貴族と癒着しており、地方にはあまり良い魔道具が回ってこない。地方領主である父さんからすると、目の上のたんこぶのような組織なのだ。

どうやら僕が作った魔道具は、そんなギルドが目をつけるくらいにヤバい代物らしい。

「アスタの魔道具はあまりおいそれと他領に流したくはないな……とりあえずは私が買い取って、それを分配する形で問題ないか？」

「えっと……はい」

「魔道具の技術格差は、そのまま暮らしの質に直結する。中央が栄えているのには、ギルドから送られてくる最新の魔道具が寄与している部分も少なくない。アスタが頑張ってくれれば……王都の連中に、一泡吹かせてやることができるかもな」

ふふふ……と怪しげな笑みを浮かべながらブツブツと今後の展望を呟き始める父さん。

頭の中がぐるぐると高速で回転し、今後の手を何百何千と考えているらしい。

とりあえず僕の魔道具は市場に出回っているものと比べると性能が高過ぎるため、これをこのまま流してしまうと間違いなく問題が起きてしまうらしい。

魔道具ギルドとのごたごたで残り少ない時間がなくなるのは御免被りたいので、父さんが一度買い取ってから差配する形に決定した。

正直僕が一番困ると思っていたのは、野良の魔道具職人である僕の魔道具を買ってくれる売り手だった。

商売なんてまったくしたことがないし、魔道具の右も左もわからない状態では当然相場に関する知識もないので、買いたたかれることを覚悟していたのだ。

父さんが買い取ってくれるのならまず間違いなく適正価格だろうし、ギルドとのごたごたも上手いこと処理してくれるだろう。

こうして僕が魔道具作りに専念することができる体制が、着々と整えられていくことになる。

そして数ヶ月が経過し……ガルド辺境伯家には秘蔵の魔道具職人がいるという噂が王国中を駆け回り、生み出された魔道具達は、辺境伯領をより豊かに変えてゆくのだった――。

第三章　辺境伯家の秘蔵っ子

あっという間に時が流れ、僕ことアスタ・フォン・ガルドが付与魔術師になってから四ヶ月ほどが経過しようとしていた。

僕は日夜付与魔法の腕を磨くべく、魔法の鍛錬兼お金稼ぎである魔道具作りを続けていた。魔道具を作っては、それを父さんに売る。そしてその金を使って新たな魔道具の材料を調達し、それを使って魔道具を作って……という感じだったので、ほとんど魔道具作りしかしてこなかったと言っていい。

そんな日々を繰り返した結果、当然ながら僕の魔道具作りの腕はめきめきと上がっていた。

まあそれでも、全体から見ると中の下くらいではあるんだけどさ。

ただ今では現代知識のチートを使わなくても、ギルドに所属している一般的な付与魔術師と同じくらいの魔道具を作ることができるようになった。

簡単な魔道具なら顕界情報を書き換えるのに数秒もかからなくなったし、毎日ギリギリまで付与魔法を使っているからか、魔力量も明らかに増えていた。

今では魔力を使い切るより、集中力が切れる方が早いくらいだからね。

「よし、それじゃあ今日は……性能を落とした盛り土の魔道具か」

テーブルの上に所狭しと並べられた盛り土の魔道具の一つに手をかざす。

顕界情報を読み取り、魔力と引き換えに土を生み出すよう、情報を書き換えていく。

ただ作業はこの段階ではまだ半分も終わっていない。

魔道具を作った上でリソースギリギリまで情報を付け加えていき、その性能を上げていく作業が残っているからだ。

基本的に顕界情報は不可逆であり、一度変更した情報は書き換えることができない。

そのため魔道具作りの作業と細かな調整は同時にやる必要がある。

作ること自体は手間がかからないんだけど、後者の方は結構繊細な作業が必要になる。

リソースを超えてしまった場合顕界情報がズタズタになってしまい、魔道具としての効果もなくなってしまうため、常に注意する必要がある。

リソースを今の俺ができるギリギリまで使って魔道具を作り終える。

「ふぅ……」

額に掻いた汗をルナに拭われながら、目の前の魔道具に目をやる。

一度弄った顕界情報はある種のプロテクトのようなものがかかり、本人にしか見ることができなくなる。

そのため魔道具技術は基本的に自分から開示しない限り流出する心配はない。

確認してみると、土を出す性能は従来のもののおよそ一・五倍程度になっていた。

「まあこれくらいなら十分かな。それじゃあ次はっと……」

魔道具の効果向上の情報書き換えは非常に神経を使う作業で、これを何度もやっているとそれだけで集中力が切れてしまう。

その結果最初の頃は、かなり魔力が余っているのに魔道具が作れないという事態が多発してしまった。

もちろん普通の性能の魔道具を量産するということもできるんだけど、それをやると僕の付与魔術師としての腕が上がらない。

高性能の魔道具を、魔力が続く限り大量に作りたい。

そんな矛盾した思いを抱いた僕は試行錯誤の結果、オリジナルの付与魔法を作成することに成功していた。

「コピー、それからペースト」

それがこの二つ、顕界情報を脳内に一時的に焼き付けるコピーと、それをそのまま転写するペーストだ。

この二つを連続して使用することで、僕は一度気合いを入れて魔道具を作ってしまえば、それと同じ性能の魔道具を魔力が続く限り量産することができるようになっていた。

目の前に十五個ほどあった材料を全て改良型の盛り土の魔道具に変えたところで、とりあえずほっと息を吐く。

「相変わらず凄まじい速度ですね……」

「まだまだ改良の余地はあると思うんだけどね」

コピーした内容は一度眠ると完全に真っ新《さら》になってしまうため、別の日に魔道具を作ろうとすればまた一から顕界情報を弄る必要がある。

それにまた焼き付けた情報は後から修正することができないため、ああここをもうちょっと弄っておけば良かったと思っても後の祭りなのだ。

ちなみに今は脳内にクリップボードみたいに顕界情報を留めておける場所を作ったりできないかなと試行錯誤をしている最中だったりする。

他にもやりたいと思っていることはたくさんある。

他人が弄った魔道具の顕界情報をプロテクトを外して見る方法や、魔道具の顕界情報を二度三度と書き換えて改良を加える方法。

それとは逆のアプローチで、魔道具の顕界情報を元に戻す形で更に書き換えて材料へと戻す方法などなど……やればやるほどやりたいことが増えてくるような状態だ。

「ただ、うーん……」

「どうかされたのですか？」

「正直今の状況だと、これ以上の質の魔道具を作るのが難しいんだよね」

「今でも十分すごいと思うのですが……」

ルナはこんなことを言っているけど、今の僕の付与魔法がすごいのは僕が前世の地球でのイメージを持っているからであって、付与魔術師としての腕が優れているからというわけじゃない。

したがって可能であれば、もっと付与魔法の腕を上げたい。

限界まで極めた付与魔法と僕のイメージ力が組み合わされば、きっと今よりもっとすごいものができるに違いないからだ。

しかしながら現在、僕の魔道具作りは少し停滞してしまっている。

その理由は、付与魔法を使うための材料にあった。

付与魔法を効率的に付与しリソースを最大限活かし、ただ材料に付与魔法をかけるだけでは、最高の作品を生み出すことはできない。

最高の魔道具を生み出すにはいくつか必要なものがあるからだ。

魔導ランプを例に取ってみよう。

材料はスタンドとガラス玉というシンプルなものだけど、この二つにはいくつも工夫の余地がある。

まずは材料について。

スタンドに使う木材を一般的なものより情報強度の高い木型の魔物であるトレントの素材を使えば、その分だけリソースを増やすことができる。

ガラス玉に関しても同様のことがいえる。より良い石英や石灰を使えば高品質のガラスを作ることができるのだ。

現状魔道具製作で得られる代金がかなりの額になってきているため、僕は材料にこだわるだけの余裕が出てきている。

けれど現在の僕には、ここまでしかできていない。

材料の次に気にしなくてはいけない、製品の質にこだわることができていないのだ。

スタンドとガラス玉のクオリティを追求すれば、更に高品質な魔導ランプを作ることができるようになる。

「うーん、有能な職人は魔道具ギルドに囲われちゃってるのが本当に痛いな……」

ここ数ヶ月でわかったことなんだけど、情報強度は材料の加工によって上げることができる。

素材をそのまま使うのと成型・加工するのとでは、後者の方が圧倒的に情報強度が上がるのだ。

そして同じ製品を作っても、職人の腕によって情報強度がかなり変わる。

そのため魔導ランプを作る際も、職人によって使えるリソースが結構変わってしまうため、なるべく情報強度の高い同じ職人製のスタンドを纏め買いするようにしている。

ちなみに僕は、マーテルさんという職人さんが作るものを気に入っている。

彼が作る物はどれも均一で、品質にばらつきがない。マーテルさんの材料セットが出た時は、優先的に確保するようにしているくらいだ。

「より高度な魔道具になると、魔術回路なんてものも必要になってくるらしいし……」

魔術回路とは、簡単に言うと電化製品における回路の魔道具版だ。

魔道具の内側に魔力によって刻みつけ、より効率良く情報を書き換えたり、付与魔法の魔法効果をある程度指向、誘導させるために必要になってくるらしい。

今の僕が作っている日用品の魔道具だと必要がないけれど、更に本格的な魔道具——岩を真っ二つにできるような斬れ味のある剣や竜巻を起こせるような杖なんてものを作るためには、この魔術回路による情報強度の底上げと効率化が必要不可欠ということだった。

情報強度を上げられる専門性の高い職人と、魔術回路を刻み込める職人。

彼らは大抵の場合魔道具ギルドに召し抱えられてしまっているため、在野《ざいや》になかなか良い人材が残っていないのだ。

「まあ、ない袖は振れないししょうがないよね」

「はぁ、またアスタ様語ですか……」

時折飛び出す日本語由来の言葉を聞いたルナが、ため息を吐きながら魔道具を梱包していく。

仕切りのある木の箱の中に入れられた魔道具は、父さんの指示によって各領地へ分配されていく。

性能がいい魔道具を使えばその分魔石の節約にもなるということで、魔道具としてはそこまで珍しいものではないけれど、結構な高値で買い取ってもらうことができている。

「これ一箱で金貨一枚ですか……私のお給金の倍額以上……ごくり」

「ちょっと、盗んだりしたらダメだからね！」

「しっ、しませんよそんなこと！　頭の中にちょっとだけ思い浮かんだだけです！」

この数ヶ月の間で結構な魔道具を作ることができたし、途中からはコピーとペーストによってかなりの量の魔道具を領都内で流通することができるようになった。現在では自派の貴族や騎士達に配るだけではなく、ある程度の数を売りに出すくらいには余裕も出てきたらしい。

おかげで僕の懐は現在かなりほくほくだ。

最近はいろいろと素材を集めて新しい魔道具の製作にも着手できるようになってきている。

あまり根を詰め過ぎても良くないし、新しい材料探しにでも行くことにしようかな。

「もうワンセットだけ作り終えたら、外に出ようか。自分でも魔道具の材料探ししたいし」

「了解致しました！」

魔力がもったいないからという理由で結局もう三セットほど魔道具を作ってから、屋敷を後にする。

大通りに辿り着くと、あちこちから活気のある声が聞こえてくる。

そのまま歩いていると、いろいろな人から声をかけられる。

中には領都の外から来た人達も多いらしく、その言葉に訛りがある人達もいた。

全体的に、以前と比べると明らかに活気が増している。

「あ、あそこにあるのアスタ様のやつじゃないですか？」

「えっと……うん、あれは僕のだね」

ルナが指さす先にあるのは、たしかに僕が作った湧水の魔道具だった。

なんだか気恥ずかしくなりぽりぽりと頬を掻くと、ルナがふふっと優しげな笑みを浮かべてくる。

道を歩いていると時折、僕が生み出した魔道具が見えている。

どこにでもあるというわけではないけれど、通りを歩いていれば何個かは見ることがある、くらいの頻度だ。

――ここ最近、領都の経済は明らかに上向いていた。

その原因はいくつかあるけれど、どうやら僕の作った魔道具の効果が大きいらしい。

基本的に、魔道具というのは非常に高価なものだ。使われている素材はそれほど高いものではなく、また抱え込まれている付与魔術師の給金もさほど高くないにもかかわらず、魔道具は庶民の手に届かないほどに高価なものになってしまっていた。

魔道具ギルドが独占的に販売を行っているため、値段がつり上げられてしまっていたからだ。

そして価格と原材料費を引いた差額のほとんどは、ギルドやそこと癒着している貴族達に持っていかれてしまっていた。

前々からそれを憎たらしいと思っていた父さんはそこに、真っ向から喧嘩を売った。

僕が量産した魔道具をダンピングすることで独占を崩し、値崩れを起こさせたのだ。

僕が作った安価な魔道具に市場を駆逐されるわけにもいかないからと魔道具ギルドも値段を下げざるを得ず、このガルド領内に限っては魔道具はある程度裕福な市民であれば買うことができるくらいの額まで下がっている。

ちなみにそのせいで父さんは魔道具ギルドから蛇蝎《だかつ》のごとく嫌われており、父さんが抱えている秘蔵の魔道具職人（もちろん僕のこと）には懸賞金までかけられているという話だから、笑うしかない。

魔道具を買うことで領民は時間を節約することができるようになった。

また僕のおかげで魔道具に関する出費が従来の数分の一程度になり、そこを領内の再開発に投資できるようになった。

そういった諸々の要素がかみ合うことで、領内は好景気に沸いているというわけだ。

ちなみに僕個人に依存する形では成人した後が大変になるため、将来的には父さんが他の付与魔術師を囲み、そこに僕が付与魔法をレクチャーするということになっている。

実は他にも腹案はあるんだけど……今の腕だとできることが限られるので、そこは今後に期待だ。

「しかし、この数ヶ月でガルドブルクは大きく発展しましたね……それもこれも全て、アスタ様の頑張りによるものです」

「僕だけの力じゃないよ。皆で一丸となって頑張ったからさ」

「それでも、アスタ様がいなければこんな風になることはなかったはずです」

街を歩いていると、道行く人達の顔には笑みがあふれていた。

戦闘用の天職が手に入らなかった時はどうなることかとちょっと不安を抱いたりもしたけれど、こんな風に皆を笑顔にすることができたのなら、悪くないなと思う。

自分がしたことに少しだけ鼻を高くしながら、パウロ商会へと向かう。

パウロ商会の本店は領都ガルドブルクでも一等地である中央部にある。

我が家の次に大きな建物が見えたのなら、それがパウロ商会の店舗である。

その販路は辺境伯領のみならず王国全土にまで広がっていて、王国でも五本の指に入るほどに巨大な商圏を持っている。

「あら坊ちゃん、お久しぶりですぅ」

「坊ちゃんはやめてくれっていつも言ってるじゃないか。それに久しぶりっていっても一月ぶりくらいだよ」

からからと笑いながら僕を出迎えてくれたのは、パウロ商会の若手のホープの一人であるウルザ。赤銅色の髪が特徴的な、鋭い目をした美人さんだ。年齢はおそらくは二十代後半くらいだと思う。

ちなみにパウロ商会の人達は出身が西の方らしく、僕からすると関西弁にしか聞こえないような訛りがある。

「今日は何用ですか？」

「うん、いつものをお願いしようと思ってね」

「はいな、ちょっと待っとってくださいね」

ここの店主であるパウロさんは我が家の御用商人であり、父さんもかなりの信用を置いている。

そのためここの商会の人達は僕が辺境伯家お抱えの魔道具職人であることを知っている。

ちなみに、僕が作った魔道具を魔道具ギルドに足がつかないよう上手く捌《さば》いているのもパウロ商会だ。

そのせいで嫌がらせを受けることも多いらしいが、それも僕の魔道具の販売窓口であることによる利益の前では霞んでしまうらしい。彼らは何より利益を重要視する、根っからの商売人なのである。

「今日仕入れてきたのはとりあえずこんな感じですね」

ウルザが出してきた大袋を開き、中の物を一つ一つ検分していく。

入っているのは大量の魔物の素材や防具類。

僕はそれらをとにかく手に取って、顕界情報を確認していく。

素のままの顕界情報には、クラフトゲームにおける発想の素のような機能がある。

それをじっと見て自分の魔力を軽く流しながら検分すると、その素材や製品を使えばどういう魔道具が作れるのかがなんとなくわかってくるのだ。

まあ僕の付与魔法の腕が足りていないからか、顕界情報を見ただけでは発想が得られないことも多いんだけどね。

なんだろうロックがかかっているというか……筋道が途中であやふやになって、どうすれば上手く魔道具にできるかがわからない感じになってしまうのだ。

あ、ちなみに一度作れるようになれば、以後同じ機能を持つ魔道具は問題なく作ることができるようになる。

今自分ができることとできないことを確認したり、新たな魔道具のアイデアを手に入れるために、この総ざらいは必要な作業なのだ。

そのためパウロ商会の方達には古今東西のレアアイテムや魔道具になっていないいろいろな製品などを、とにかく大量に持ってきてもらっている。

魔道具作製で手に入れた金を糸目をつけずに使うため、パウロ商会の懐が潤っているのには、僕への素材売却益も貢献しているに違いない。

「このハイドロリザードの盾は泥濘《でいねい》化の機能がつけられそうかも」

「泥濘化ですか……泥作りとなると使い道は限られそうですが、罠作りなんかには有用かもしれませんね。買いましょう」

　こんな風にアイデアが出てきた時点で買い取り交渉も済むことも多いので、商店に出てくるといろいろと手っ取り早い。

　高頻度で来ると僕が疑われるので、お抱え付与魔術師の正体がバレるまではあんまり来過ぎるわけにはいかないいんだけどさ。

　今日の総当たりの結果、泥濘化・噴水・成長促進・斬撃強化の魔道具が新たに作製可能になった。

　そのうち斬撃強化を除く三つの魔道具の買い取り契約を結ぶ。

　斬撃強化の魔道具の契約を結ばないのは、今後のことを考えてだ。

　戦闘用の魔道具——普通の魔道具と区別するために魔装具なんていう風な呼ばれ方をすることも多い——はそのまま領内の軍事力に直結する代物だ。

　ということでまずは領内の兵士に行き渡らせ、それが終われば僕が開拓用に所持して、他領には出さないつもりでいる。

　僕は死の商人、もとい死の魔道具職人になるつもりはないからね。

　とりあえず魔道具作りに使えるものは買い取り、ロックがかかっているが後々の魔道具作りに使えそうなものも全て買い取る。

それでも残った素材は大量にあるので、買い取り価格には色をつけさせてもらった。

「こんなに余っちゃったけど、大丈夫？」

「ええ、売ろうと思えばいくらでも伝手《つて》はありますんで」

材料によって情報の強度は変わるけれど、基本的に魔物の素材の方が情報強度は高くなることが多い。更に言うとその魔物が強力になればなるほど、情報強度も上がっていく。

僕が使えるお金は着実に増えているので、パウロ商会が持ってくるものの質もどんどんと良くなっていくだろう。

材料の質が上がるのは非常に喜ばしい。

ただ一つ問題があるとすれば、今後素材や製品のレベルに見合った付与魔法が使えるかどうかってところだろうか。

魔術回路が必要なレベルの素材になった時に、果たして今の僕で太刀打ちができるのかどうか……。

「はぁ……」

「アスタ様、どうかされましたか。何かお悩みごとでも？」

「うん、実はね……」

僕はウルザに、今後の不安を打ち明けることにした。

高品質の魔道具作りのために必要な職人がいないこと。そのせいで自分の付与魔法の腕がこれ以上、上がらないのではないかと思っていること。

父さん相手ではなかなか口に出せないことも、ウルザ相手だと不思議と話すことができた。

関西弁に聞こえるからか気安いというのもあるし、ウルザがこちらの懐に入るのが上手いというのもあるのだろう。

それに僕の魔道具を売っている時点で既にパウロ商会と僕らは一蓮托生。

最大の秘密である僕の正体を共有している時点で、今更隠すようなことは何もない。

僕の話を聞いたウルザが、ふむふむと頷く。

「なるほど、付与魔法ってそないな感じになっとるんですか……」

「ウルザは詳しいことは知らないの？　意外だね」

「金になりそうなところは全部魔道具ギルドが持ってっちゃってましたからね。魔道具に関しては目下勉強中のところなんですよ。にしても、そうか……」

ルナがティーポットから紅茶を入れてくれる。

事前にアポを取っているため、機密性の観点から現在この場にウルザ以外の店員はいない。

紅茶に息を吹きかけて冷ましながら飲んでいると、ウルザがぐっと顔を上げる。

彼女の瞳には、仕事ができそうな人特有のキリリとした凛々しさが宿っていた。

「実は今、うちに一人穀潰《ごくつぶ》しがおるんですわ。もしかするとあいつなら、お手伝いできるかもしれまへん」

「穀潰し……ですか？」

「うん、マーテルっていうドワーフなんやけど……」

「マーテルって……もしかしてあのマーテルさんですか⁉」

僕がいつも優先的に手に入れるようにしている、あの職人のマーテルさん。

なんと彼が現在、パウロ商会に世話になっているというのだ。

僕は前のめりになりながら、ウルザに詳しい話を聞かせてもらうことにする――。

【side　マーテル】

わしは昔から、物作りが好きだった。

何か特定の物を作るのが好きなわけじゃない。

わしはただ、迸る《ほとばし》情熱に任せて物を作るのが好きだったんだ。

この二つの手のひらと十の指で、小さな世界を作り出す。

その喜びは何事にも代えがたく、わしはまだ歯も生え揃わぬガキの頃から創作活動にのめり込んでいった。

木工から溶接、魔物素材を使った皮革……興味がある物はどんな物にでも手を出した。

のべつ幕なしに触れ、興味がなくなればまた別の物を作り始める。

小さな頃はそれで良かった。

手先が器用な者の多いドワーフということもあり、おおらかな目で見守られていたからだ。もらった小遣いでやり繰りをしながら、できる範囲で物を作っていればそれで良かったのである。

ただ成人し、マスタークラフトマイスターの天職をもらってからはそんなことは言っていられなくなった。

クラフトマイスターの上位職とされるこの天職は、わしの全ての作品のクオリティを誇張抜きで二段階は引き上げてくれた。

わしは既にいっぱしの剣を打つことができるようになっていたのを見込まれ、王国でも有数といわれる工房に入ることになった。

剣は今までそれほど熱心に取り組んだわけでもないから、別に大した出来でもないというのになな。それなら最近作れるようになった、木の破片を掛け合わせて作る寄せ木作りの木像の方がよっぽどクオリティが高いはずなんだが。

工房にいる職人達は親方を除けばわしにも劣るような者達ばかりだった。

下っ端だったわしは彼らの言った通りに剣を打ち、槍の穂先を鋳固める。

言われたことをやることは、創作ではなく作業だ。

そんなことにやる気が出るわけもなく、仕事は適当にこなし、空いた時間で自分が好きな物を作るようになっていった。

そんなことをしていれば当然、親方とは反目することになる。

「またこんなものを作りおって！　二束三文にもならないガラクタばかり！」

空いた時間に木工やガラス作り、皮革の鞣《なめ》し作業にも手を出していたわしを親方は怒鳴った。

金、金、金。この世の中は金で動いているということくらい、わしも理解している。

金にもならないものを作って何になると親方は口を酸っぱくして言った。

だが、それは創作活動の本質ではないと、わしは思うのだ。

創作活動というのは自己の表現だ。

そこに付随する金銭は、あくまで価値を証明するものに過ぎない。

金のためにものを作るようになっては、本末転倒だ。

だからわしは工房を出た。

その後、好きな物を作っていいと言われたから魔道具ギルドで職人として生きることになった。

魔道具は基本的にはワンオフで、誰かに合わせた一品物を作っていく世界だ。

それゆえ工房よりわしに合ってるかと思いやってみたんだが……入って失望までにほとんど時間はかからんかった。

貴族の人間が求めているのは高性能な魔道具や革新的な機構でなく、とにかく見た目が派手で豪勢なもの。

彼らは財力のアピールをするため、宝石をちりばめ稀少な素材をふんだんに使う。その性能は二の次三の次なのだ。

組織も内部から腐っとった。ギルドの職人の腕は以前の工房よりひどいもので、わしよりマシな人間が一人もいない状態だった。

まあ手を抜いて作っても腕利き扱いされるので、楽ではあったがな。

最終的に結局はあやつらも、何も変わらなかった。

それどころかキツく監視網を巡らせ、わしら職人を逃げ出せないようにしている分、よりたちが悪いといえるかもしれない。

あいつらも金になるものを作れ作れとうるさかったから、監視の目を誤魔化してギルドを抜け出してきた。

そこでお世話になったのがパウロ商会だ。

以前から度々《たびたび》趣味で作った製品を卸していることもあり、保護してもらうのは簡単だった。

背に腹は代えられず彼らに素材の提供と引き換えで品物を作る契約を交わしたはいいものの、やはりどうも気が乗らない。

わしは適当に売れる物を作っては、後は好きな物を好きなように作る日々を送るようになった。

そのせいでトータルで見て収支が赤字だの穀潰しだのと言われるようになったが、考えを改めるつもりはなかった。

わしは今作りたいものを全力で作るだけ。

それで追い出されたら、また別の場所で物を作ればいいだけのこと。

最近ハマっているのは魔術回路だな。

魔道具ギルドで作り方を教えてもらったがまだまだ無駄が多い。回路のサーキット自体を上手いこと改良すれば、もっと効率的に魔力を伝導することができるはずなのだ。

まあそんなものを作ったところで、その真価がわかるような野良の付与魔術師がいるわけでもないから意味はないいんだが。

そんな風に全力で魔術回路を弄っていた時のことだ。

わしを保護してくれたウルザから連絡が来た。

なんでも会わせたい御仁がいるのだという。

かなりの出不精なので正直出たくはないのだが、わしの創作意欲を刺激する相手と言われれば否やはない。

そこでわしは一人の坊主と出会うことになる。

「どうも初めまして、アスタ・フォン・ガルドと言います」

「ふんっ、貴族の坊主が一体わしに何の用じゃ」

魔道具ギルドのお得意様は貴族になる。

腕利きとして扱われていたことで、細かな仕様の打ち合わせをするために貴族の人間と話をする機会は多かった。

貴族という生き物はどうも好かん。

わしが話をしたお貴族様は、自分の先祖様の功績を自分のものだと勘違いして好き放題やる馬鹿達ばかりだったからだ。

ウルザに引き合わされた少年は高級そうな衣服を身に着けた、いかにもボンボンといった格好をしている。

大方この坊主のお眼鏡に適《かな》うような、下品な金ぴか像でも作れとでも言われるのだろう。

そんな風に構えていたわしの手を、少年ががしっと握った。

「マーテルさんですよね！　マーテルさんのスタンド、いつもありがたく使わせてもらってます！」

「……ほう？」

坊主の瞳は、キラキラと輝いていた。

おべっかを使っているというわけでもなさそうだ。

どうやらこの坊主は、わしが手慰みに作っていたスタンドやガラス玉を使っているらしい。

ただあれは魔道具にせずにそのまま卸していたはずだ。

野良の付与魔術師にでも仕事をさせたのだろうか。

「ほら、これです！」

よく見れば少年は魔導ランプを持っていた。そのスタンドもガラス玉も、間違いなくわしが作ったものだ。

自分の作品を気に入ってくれているというのは、やはり嬉しいものだ。製作者冥利に尽きるといってもいい。

けれどその次の瞬間、わしは驚愕のあまり目を見開くことになる。

「――なあっ⁉」

少年がガラス玉に触れた瞬間、部屋の中を目映《まばゆ》い光が満たした。

触れれば魔導ランプが光り出すのは何もおかしくはない。

けれどそれによって引き起こされる現象が、ありえなかった。

とてつもなく強烈な光。直視すれば目を焼く太陽のような強烈な可視光線は、魔導ランプでは再現が不可能とされている。

わしとしては強力なエルダートレントあたりの木材を使えばできると踏んでいるが、本来であれば大貴族御用達の高級建材を、そんな酔狂な実験のために使ってくれる者はおらんかった。

まあ、今はそれはいい。

問題なのは、今坊主が手にしている魔導ランプが間違いなくわしが作ったスタンドとガラス玉で作られているということだ。

自分が作っているものだ。その情報強度がどれくらいのもので、魔道具として再現ができる限界がどのくらいか、感覚値でわかっている。

坊主が手にしているそれは、わしの想像をはるかに超えていた。

「坊主、それを……その魔道具をどうやって作りおった！」

「自分で作りました。僕、付与魔術師ですから」

そう口にする坊主……アスタの目は、幼い頃のわしによく似ていた。

夢と希望と知的好奇心に満ちた、今のわしからは失われてしまった輝き……。

（なるほど、これはたしかにとんでもない刺激だ）

最近はくすぶり消えかけていた創作意欲が、みるみるうちに燃え始めるのがわかった。

目の前にいるアスタは間違いなく、わしの同志だった。

一人の作り手として、言葉を交わさずとも魔道具を見ればそれが理解できる。

「マーテルさんには今後、僕が作るオリジナルの魔道具を作ってもらいたいんです」

「ほう、どのようなものを作るのだ？」

「まずはとにかく僕の付与魔法のレベルを上げるために、今までのものを過去形にする高性能の最新型魔道具を作ります。そして今のところのとりあえずの目的は……」

これほどのものを作り上げるアスタの目的。

一体どんなものが飛び出してくるのか。

わしの頭の中にはいくつも予想が湧き上がるが、アスタの答えは、その想像のはるか上をいっていた。

「付与魔法を使う魔道具を作り、魔道具を大量生産することです」

「――っ⁉」

魔道具は魔法効果のついた道具。

たしかにそれなら付与魔法や鍛冶魔法もつけられておかしくはない。

けれどそれは正しく目から鱗の発想だった。

言われてみれば、なんで思いつかなかったのかが不思議なほどだ。

その原因は間違いなく四元素魔法こそが至高であり、系統外魔法はそれより低いものだという刷り込みに近い価値観にある。

まったく笑えてくるではないか。

周りに頭が固いと言っていた自分が、そのような凝り固まった考え方をしていたなどと。

「ぷっ……あっはっはっ！　わしの負けじゃ！」

しかも彼……アスタという少年は、それをとりあえずの目標と言った。

本来であれば付与魔術師が生涯をかけて取り組むようなものを、とりあえずと言ってのけたのだ。

この少年は……まったくといっていいほどに底が見えない。

一体どれだけのアイデアと野望を胸に秘め、どれだけの物を作ろうとしているのか。

「マーテルさんにはぜひ僕と一緒に来てもらいたいんです。最終的に付与魔法の使える魔道具を作れれば、そのライセンス料だけで好きな研究ができるようになるはずです。あなたに、決して後悔はさせません」

「――乗った！」

アスタという少年から提示された条件は、破格といっていいものだった。

しかも仕事の時間以外は、自分が好きな物を作っていいという。

こうしてわしはアスタという少年の専属職人として、辺境伯家に囲われることになった。

わしが即決した理由はもちろん、条件じゃない。

物作りは金ではないからな。

ただ――アスタという存在がどこまで高く飛んでゆくのか、見てみたくなった。

間違いなく、彼はデカくなる。

アスタの側にいれば、きっと自分は今までは想像もつかなかったような物を作り上げることができるに違いない。

なんの根拠もないが、わしはそう確信していた――。

第四章　狂戦士

事前に偏屈な職人気質のドワーフだと聞かされていたからビクビクしながらだったんだけど、会ってみるとマーテルさんもといマーテルは非常に話がわかる人だった。

たしかにヲタク気質はあるしのめり込むと周りが見えなくなるところはあったけれど、今後魔道具作りをするにあたっては、その性質はむしろプラスだ。

彼は知識の吸収に関しては特に貪欲で偏見がないため、僕の現代日本由来の知識も抵抗なく受け入れることができたのも、開発をスムーズにする一助になってくれた。

雇ってから知ったんだけど、彼の天職はなんとあのマスタークラフトマイスターだった。

剣士における剣聖のような強力な天職……いわゆる上位職と呼ばれている天職持ちだったのだ。

その稀少性でいえば剣聖よりもレアかもしれないほどの天職持ちを味方に引き入れることができたのは、本当に幸運だったよ。

マーテルが僕の専属職人として雇われるようになったことで、僕の付与魔法の腕はめきめきと上達していった。

生み出すことができる魔道具の種類はどんどんと増えていき、マーテルが作った製品を使うことで情報強度も上がり、生み出すことができる魔道具の質もどんどん上がっていくようになった。

マーテルとの魔道具開発の日々は、毎日が新しい発見の連続だった。

「アスタ様、新しい魔術回路を開発しましたぞ！　この循環型の回路を使えば魔石から取り出した魔力を増幅して増やすことができるはずです！」

「アスタ様、激レアのシルバースライムの素材が手に入ったと聞きましたぞ！　わしのインスピレーションのままに弄らせてくだされ！」

「アスタ様、特に何も思いつかないので良いアイデアをくだされぃ！」

魔道具ギルドが彼の行方を捜していることもあり、彼には屋敷の一室を貸すことになったんだけど……そのせいでことあるごとにマーテルが押しかけてくるようになってしまった。

おかげでゆったりとした時間を取ることもできず、以前より慌ただしく毎日を過ごすことになった。

ただまぁ、僕は前世でも言われないと際限なくサボってしまうタイプの人間だったので、ケツを叩かれるくらいでちょうど良かったのかもしれない。

結果的に常に仕事に追われることになったけど、日々の充実度は以前より確実に高くなっていた。

しかし、行き詰まっている時もそうでない時も来るので毎日何度も顔を合わせることになり、僕がルナについで顔を合わせる人間になってしまったのにはちょっとだけ参ってしまう。

美人メイドの次がむさいドワーフのおっさんとか、僕の異世界暮らしは一体どうなってるんだろうか。

マーテルがやって来てからは時間の流れが更に加速するようになり、気付けば僕が呪いの地に向かうまでの時間は二年を切っていた。

マーテルの趣味に合わせて魔道具作りがものすごい方向に脱線することも多々あったけれど、そのおかげで開発することができた基幹技術も多い。

そんな最中、マーテルと一緒に兼ねてから実験していた、とあるものが完成したという報告を聞き、僕はルナと一緒に裏庭に誂《あつら》えた工房へと向かうのだった——。


「これで五号機か……今度こそ上手くいくといいんだがな」

「前回の問題だった熱の放散は改善できたし、今度こそはなんとかなるはずだよ」

僕とマーテルは緊張しながら、起動し始めた魔道具をじっと見つめている。

この魔道具は、今まで僕が作った物の中で最も巨大な炉型の魔道具。

今後の物作りをするにあたり、マーテルに必要なもの。

それは高い温度でも融解することなく使うことのできる高炉だった。

僕の付与魔法のレベルアップに伴い、当然ながらマーテルが弄る素材の加工難易度も難しくなっていく。

ミスリルなんかの耐熱性の高い素材で魔道具を作れるようにするためには、超高温度に耐えられる炉の建造は急務だった。

それに金属を鍛造・精錬する際には、高温にして中にある不純物を減らせば減らすだけ情報強度が上がるからね。

この試作型の炉を作製するまでは、苦難の連続だった。

魔道具作りで僕が手に入れた財産のほとんどを注ぎ込んで耐熱性の高いドラゴン素材を購入し、それを砕いてシャモットに練り込み、最も情報強度が高くなるよう一つ一つに龍の意匠を施してから付与魔法によって耐熱性能を高めつつ熱を収束させる機能を付け足し……苦節二ヶ月ほどの試行錯誤の末にようやく完成したのだ。

半球状になっている炉の中央には、加熱用の魔道具が設置されている。

マグマルビーと呼ばれる魔法石を使いそれをワイバーンの火炎袋を鞣して作った革張りの板にはめ込み、その裏側に魔術回路が彫り込まれている。

そこに僕がリソースギリギリまで温度の上昇と維持の機能を組み込むことでできたこの炉は、言ってしまえば超火力の魔導ＩＨだ。

ここまでくるのもかなり大変だった。

最初の頃なんか特に大変で、温度が高過ぎて爆発を起こしたこともあったたし。いやぁ、さすがにあの時は父さんにもめちゃくちゃに怒られたなぁ……。

「よし、それじゃあスイッチを入れるぞ」

「……（ごくり）」

マーテルが鍵爪のついた棒を突っ込み、板に触れる。

この棒自体も一つの魔道具になっていて、本来であれば直に触れる必要がある魔道具のオンオフを間接接触でできるようになっている。ちなみにこれも耐熱性で、何度かの失敗の後に生まれたものだったりする。

魔道具が起動し、温度が上がり始める。

問題なく起動したのを確認したら、あとは待つだけだ。

炉を覆っているレンガは二段構造になっており、外側のレンガには熱を内側に閉じ込めるための結界の効果が付与されている。

おかげでこちら側に熱が漏れてくることはない。

じっと待ってから、マーテルがそっとミスリルプレートを乗せる。

魔道具化させて高い熱耐性を持っているプレートの上には、粗く精錬されたミスリル塊が乗せられている。

棒を使って固定したプレートを、炉の中へ入れる。

僕らがじっと見守っていると……その中にあるミスリル塊が赤熱し、どろりと溶ける！

「おおっ！」

「できた！」

実験は成功だ。熱が漏れ出すこともなく、しっかりと炉の内側に留まり続けている。

鉱石を取り出し、マーテルが鍛冶魔法を使い始めてミスリル塊を弄り始めた。

鍛冶魔法は槌《つち》や細工刀に魔法を乗せることで、通常よりはるかに効率良く鍛造や加工を行うことができるようになる魔法だ。

マスタークラフトマイスターである彼は、鍛冶師の天職持ちに負けぬほどに、鍛冶魔法を使いこなすことができる。

僕の目の前でミスリルはみるみるうちに横に伸ばされ、一本の直剣へとその形を変えていった。

彼はその剣をハンドアームで器用に掴むと、すぐ横に置かれている冷却用の魔道具であるバケツの中へと入れた。

ジュッと勢いよく水が蒸発するが、棒で叩けば不足した分の水が即座に注ぎ足される。

同じ工程を何度か繰り返しながら、剣がどんどん完成していく。

武器の善し悪しは僕にはわからないけれど、その顕界情報を見ればその情報強度が加工の度に上がっている。

僕は情報強度とは、その物自体がどれだけ世界に認められているかという証明だと思っている。つまりマーテルの鍛造には、それだけの価値があるということだ。

「よし、完成じゃ」

じっと見入っているうちに、気付けば作業は終わっていた。

そこには熱を失い本来の虹色の光沢を持つ白銀の剣が横たえられている。

温度が下がっているのを確認してから、ミスリルソードに触れる。

目で見るだけよりも、直に触れた方が詳細な顕界情報を読み取ることができるからだ。

「万物割断、魔法剣に空歩……どれもかなり強そうな能力だね」

万物割断は、剣身に魔力を流すことでどんなものでも斬ることができるようになる能力。

ただ斬る物が硬ければ硬いほど魔力を消費するため、かなりの魔力が必要になり、斬るために必要な魔力量は自分で調節しなければならなく、かなり繊細な魔力コントロールが必要になるらしい。

魔法剣は万物割断と似ているけど、こちらは剣身の魔力を魔法剣に変換して剣身に自由に属性を付与することができるようになる。こちらはそこまで大量の魔力を消費しなくても使えるようだ。魔物の中には弱点属性を持つ個体も多い。その弱点を自在に突けるとなれば、かなり有用な武器になりそうだ。

空歩は魔力を使うことで、空中を跳躍することができるようになるという能力。リソースを費やせば費やすほど、跳躍可能な回数と使用時の魔力が減少するらしい。

どれも常に発動しているのではなく、魔力を使用することで効果を発揮するようだ。

どの効果をつけようかと頭を悩ませる必要はなかった。

マーテルが鍛え上げた剣身には、それら三つの効果全てをつけても尚リソースに余裕があったくらいだからだ。

残ったリソースを空歩に注ぎ込む形で、ミスリルソードが完成する。

「綺麗ですねぇ……」

太陽の光を反射しながら、真珠のように淡い虹の輝きを放つ剣身。

それを見たルナが、うっとりと感嘆の息を漏らしていた。

「思ったより時間がかかりましたなぁ」

「うん、でもこれでようやく……魔装具を作れるようになった」

本格的に呪いの地の開拓をするとなると、そこに棲んでいる魔物達の駆除は必須。

そのためには強力な魔法効果を持つ魔装具を多数用意する必要がある。

それにガルド家の領地の防衛力を高めるためにも、魔装具の拡充は重要だ。

大量に魔装具を生産して騎士団に配備すれば、辺境伯領の魔物被害は大きく減らすことができるはず。

「まずは辺境伯にお伺いを立てるのですか？」

「うん、そうだね。多分だけどしばらくは鋳型を使って大量に魔装具を作っていく感じになると思う」

高炉の作製に成功したことで、今後しばらくは魔装具の生産をメインにして、空いた時間でより高度な生産をしていくことになるだろう。

作るのにかなりの費用がかかっちゃったから、魔装具を作ってまた資金作りから始めなくちゃいけない。

でも高炉が作れたおかげでこれからは本格的に金属製の魔道具を作ることができるようになる。

以前マーテルに言った魔道具を作る魔道具の実現を始めとした僕の野望に、また一歩近づいたぞ！


高炉が完成したので、早速父さんに連絡をすることにした。

辺境伯である父さんがそんなに暇なわけはないけれど、数時間もしないうちにやって来た。

「ふむ……これで完成なのか？」

「はい、一応現時点でミスリルが融解する温度までは問題なく上げられることを確認しています」

僕の言葉を聞いた父さんが頭を抱える。

「……我が領の反射炉でも、ミスリルの加工は炉を潰してようやくできるほどなんだがな」

父さんがはあっと大きなため息を吐く。

彼の言葉を理解するのには時間がかかった。

え、もしかして僕……またやっちゃった？

どうやら僕とマーテルは、知らぬ間にとんでもない物を作り上げてしまっていたらしい。

「ミスタレア様、アスタ様のやることに驚いていたらキリがありませんよ」

「セバス、お前……わざと報告を上げなかったな？」

「はて、なんのことでしょうか？」

すっとぼけた様子のセバスに、父さんがもういいと首を横に振る。

魔道具職人であることがバレないよう、僕は基本的にパウロ商会へ向かう時以外は直接魔道具の材料を買い付けないようにしている。

現在材料調達をしてくれているのはセバスで、交渉の際に矢面に立ってくれているのも彼だ。

だから材料調達をしてくれているセバスは炉の進捗状況についてもほとんど全てを知っていたはずなんだけど……どうして父さんには内緒にしていたんだろうか？

そんなにわかりやすい顔をしていたのか、僕の顔を見たセバスがその疑問に答えてくれた。

「アスタ様は下手に動きを制限するより、自由にやらせた方が結果を出すタイプのお人ですからな」

「なるほど、たしかにな……」

あれほど眉をしかめていたはずの父さんが、なぜかうんうんと頷いている。

な、なんで今の説得で納得できるの⁉

「……僕ってそんなに思ってること、顔に出やすいですか？」

「出やすい、というか飛び出してます」

「飛び出してるの⁉」

「冗談です」

フォッフォッフォッと強者特有の笑い方をするセバスのジェントルジョークに、父さんとルナが釣られて笑う。

そのまま高炉の説明に入る。僕は魔道具にしただけなので、技術的なところはマーテルに補足をしてもらう。

いつも元気にしているマーテルも、さすがに辺境伯を前にするといつもの調子が出ないのか、説明をする彼は借りてきた猫のようにおとなしかった。

「とりあえずこの魔道具をいくつか作ってくれるか？　ミスリルのような魔力含有金属が精錬できるようになると、いろいろとできることも増えそうだからな」

僕らが開発した高炉の技術は、父さんに買ってもらうことになった。

魔道具化だけじゃなくて整備や維持まで込みでという話だったけど、その値段は最近金銭感覚が麻痺してきている僕をして、目玉が飛び出そうになるくらいの額。

この調子なら高炉開発に使った分が補填できるまでに、ほとんど時間はかからなそうだ。

「あ、父さん、そういえばこの高炉を使って、こんな魔装具も作ってみました」

「これは……ふむ、良い剣だな。魔力が良くなじむ」

父さんが剣を握り、振る。

お手本のように綺麗なわけではないのになぜだか見とれてしまう、不思議な魅力が宿っていた。

「あ、まずっ……」

父さんが剣を振ると先から炎が飛び出し、炉の外側の耐熱レンガが真っ二つに裂ける。

「おおっ⁉」

いきなり火が飛び出ると思っていなかったのか驚いたけれど、そのまま剣を振って剣圧で火を消してみせる。

「これは……魔剣か？」

「はい、炉ができたおかげで、ようやく魔装具も作れるようになりました」

「私は今日だけで何度驚けばいいのだ……」

「慣れるのが肝要ですよ、ミスタレア様」

そして流れるように、僕達が作った魔剣が辺境伯家の騎士団に納入されることが決まった。

これで辺境伯領の戦力は大いに向上してくれることだろう。

ついでに僕の懐も一気にほくほくになった。昨日までどうやって金を捻出《ねんしゅつ》するか考えていたのが嘘のようだ。

「ミスタレア様、せっかくの機会ですので私がアスタ様の専属になってもよろしいでしょうか？」

「ふむ、たしかにアスタは放っておくと何をするかわからないからな。だがお前が抜けて大丈夫なのか？」

「後継にはカビアがおります。最初はキツいでしょうが……いつまでもロートルが居座っていては後進が育ちませんからね」

ということで改めてセバスが僕専属の執事になった。

今までセバスにはかなり動き回ってもらっていたから、今更という感じではあるんだけどね。けじめを取るという意味でも、これからは僕が俸給を使って雇う形になった。

改めてよろしくね、セバス。

執事としての役目はメイドのルナが行うことができるため、セバスは僕の家庭教師兼財務担当ということになった。

前世知識はあるものの、領主として必要な教育を受けているかといわれると否だ。

今後必要になってくる社交のマナーや帝王学、領地経営のイロハなどを教わる時間が増える

ことになった。

「アスタ様はお金に無頓着過ぎますからな……領主としては放漫財政が一番マズいです。今のうちからお金の使い方をしっかりと学んでおかなければなりませんぞ」

これからのことを考えればお金はいくらあっても足りない。

けれどいくらお金があっても、使い方がわかっていなければ意味がない。前世でも宝くじの一等を当てた人の不幸の割合はとんでもなく高くなっていた、みたいなデータがあったはずだ。

金は天下の回り物ということで、僕はお金を使っていくことにした。

元が領民から徴収した税なのだから、市場に還元しなければその分お金の流れが滞ってしまうというのは、わかる話だしね。

僕が辺境伯家と取引をする形で得たお金をそのまま死蔵させるのは、領内の経済にとってマイナスだ。

高炉が作れた時点で、僕は付与魔術師になってからちょうど一年半が経っていた。

これも良い機会だろう。

魔道具作りに必要なもの以外の、僕が領地へ持っていく品々を充実させていくことにした。

まず最初に揃えなくちゃいけないのは、現地の人に使ってもらう農具だ。

中でも大事なのは、日々使う鋤《すき》と鍬《くわ》。

せっかく魔装具が作れるようになったので、これらも全部魔装具にしてしまうことにした。

農具は一揆なんかの時には一応武器にも使えるので、魔装具という扱いで良いだろう。

辺境伯家に卸す剣や槍と同様鋳型を作り、それを木にはめ込んでいく形で作っていく。

木材や滑らないように巻き付ける布によって付与できる効果がいろいろ変わったが、僕は考えた末、疲労軽減と掘削力強化を付与することにした。

これを使って地面を耕してもらったところ、既に現役を退いているおじいちゃんでも腰の痛みを気にせずに土を掘り起こせることが発覚した。

「これはすごい……この鍬があれば、一気に領内の労働力を増加させることができますぞ」

魔装具の農具を見たセバスにこれも辺境伯領に納入するよう言われてしまい、僕の仕事は更に増えた。そして減らそうとしていたはずのお金はますます増えてしまった。

それならと次に取り組んだのは技術開発だ。こちらは僕の前世の知識を元に、マーテルがいろいろと作ってくれた。

僕のあやふやな知識でも千歯扱《せんはこ》きや唐箕《とうみ》は開発できたので、これで脱穀の手間を大きく減らすことができるはず。

これもセバスに言われ納入が決まり（以下略）。

この段階で僕は気付いてしまった。

――このまま必要なものを作っていても、全然お金を減らすことができないし、なんなら前より増えているということに！

ここで僕は考え方を変えることにした。

自分のお金の使い方が下手だというのなら、セバスに任せてしまえば良いのだ。

お金を使ってみて、僕は自分のお金の使い方が下手なことがわかった。

それなら上手い人に使い方を考えてもらった方がいいだろう。

人を使うのも領主として必要なことだと言ったら、セバスも頷いてくれた。

「このままだと貯まっていく一方ですから、とりあえず放出する形でいろいろとやってみましょう。今アスタ様の下に足りていないのは人材ですから、まずはそこを補強していきましょうか」

僕が魔道具作りに精を出している間に、セバスは様々なことをしてくれた。

中でも一番印象に残っているのは、セバスが人材集めのために行った一芸品評会だ。

これは、我こそはという才能を持っている人間達に集まってもらい、その才を認めれば金一封を出すというもの。

結構なお金を使ったようだけど、この品評会のおかげで不遇をかこっている職人達や腕は良いものの金には困っている技師達、上司からの嫌がらせで出世ができていない文官達をスカウトすることができた。そこからの口コミもあり、今でも定期的に人が雇い口を探して僕の下へやって来るようになっている。

個人的にいいなと思ったのは、熟練のBランク冒険者であるザイガスさんと彼が率いている冒険者パーティー『銀翼のアイリーン』だ。

「俺達も若くないですし、そろそろ引退も考えてたんですが……こんな魔装具を見せられちゃあ、黙ってられません」

どうやら僕が作っている魔装具が、彼の琴線に触れたらしい。

今のところ僕の配下にしか作る予定はないと告げたら、それなら配下になると言われてしまった。

どこまで本気かはわからないけど、とりあえず感銘を受けているのは間違いなさそうなので、お試しという形で武官候補の人達の訓練の教官として雇ってみることにした。

彼らはちなみにどこにでもついてきてくれると請け負ってくれてもいる。まあまさか呪いの地に行くとは思ってもいないだろうけどね。

ただこの一芸品評会をして思ったのは、ここで僕からスカウトを受けた人達はザイガスさん達以外あくまでお金のためにここにやって来ていて、僕という人間に対して忠誠を誓っているわけではないということ。

僕にだけ従ってくれるしっかりとした戦力の拡充は急務だった。

僕は誰かが戦うための魔道具を生み出すことはできるけれど、僕自身にはほとんど戦闘能力はない。

性能の良い魔装具で全身をガチガチに固めようが馬子にも衣装、魔物を相手にすればあっという間にやられてしまうだろう。

領地運営をしていくにあたって必要な人材が着々と揃いつつある今、次に必要になってくるのは戦うことのできる戦力だ。

武官を呼び込むための餌は、既に用意していた。

実は先日、辺境伯領への貢献を踏まえ、僕は成人と同時に子爵位を授かることが決まった。

活躍し過ぎたせいで継承問題が起こらぬよう、分家を立てることが認められたのである。

ちなみに家名はツール。安直とは言いっこなしだ。

ということで僕は成人するとアスタ・フォン・ツールとして呪いの地を治めていくことになるわけだけど……子爵になると、騎士爵を授与する権限を得ることができる。

この騎士爵位を呼び水にして人を呼び込むつもりなのである。

通常騎士爵を得るのは非常に難しい。

爵位を持っている人間には代々忠誠を誓っている家系があり、新たに分家を立て過ぎれば彼らとの関係が悪くなってしまうからだ。

けれど僕にはお抱えの騎士もいないので、そんなものに頓着することもなく、自由に家臣を増やすことができるというわけである。

ただ一つ、懸念点がある。

それは僕が生み出す魔道具が、自分で言うのもあれだけど有用過ぎること。

騎士として取り立てるのなら全力で戦えるよう魔装具でガチガチに固めてあげるつもりだけど、僕の魔装具って値段がつかないくらいの代物だから、持ち逃げするだけで一生遊んで暮らせるくらいのお金になっちゃうんだよね。

この世界の騎士は日本の武士よりヨーロッパの騎士に近い。

複数の領主に仕える騎士なんてのも少なくないし、御恩と奉公は一生ものというより雇用契約の側面が強いのだ。

そのためこの世界で本当に信頼できる戦力を手に入れるのは、実は結構難しいのである。かといって契約でガチガチに縛るのもなんか違う気がするし、それを嫌がられて逃げられては本末転倒だ。

「あのさ、セバス……」

自分で考えてみても答えが出なかったので、僕はセバスに聞いてみることにした。するとと想定していなかった答えが返ってくる。

「それなら、奴隷を購入されてはいかがでしょうか？」

「奴隷？」

「ええ、奴隷であれば主の命令には絶対服従ですし、反逆や脱走の心配もございません。情操教育から考えても、そろそろ奴隷を持っておく必要があるとミスタレア様も言っておりましたし、時宜《じぎ》的にも頃合いかと」

「うーん……」

奴隷というものをすんなりと受け入れられていないけれど、この社会が奴隷なしでは回らないということを理屈ではしっかりと理解している。

父さんだって数千人ほどの奴隷を抱えているし、現に僕が魔装具の農具を試したのは彼らが働いている畑だった。

(たしかに今の僕に必要なのは絶対に裏切らないと信じられる人材だ)

奴隷は主を裏切ることができない。

首に隷属の首輪と呼ばれる魔道具を装着すれば、持ち主の意に反する行動を取ることができないようになるからだ。

情報の秘匿や裏切らない人材という意味で、奴隷に勝る者はない。

「これも授業の一環だと思って購入なさいませ」

僕の逡巡を見て取ったセバスにそう言われると、覚悟が決まった。

今後領地を発展させていけば、何十人何百人という奴隷の面倒を見ることにもなるだろう。

この世界では奴隷はあくまで所有者の物として好きなように扱っていいものとされているけれど、僕はそうは思わない。

彼らにだって幸せになる権利はあるし、持ち主には彼らを幸せにする義務があると思う。

セバスから受け取った金貨は、ずっしりと重たく感じられた。

（これが……人の人生を背負う重みか）

僕は緊張しながら奴隷商の商館へと向かう。

そして僕はそこで、一人の少年と出会うことになる――。


商人と交渉をするのも勉強と、今回は僕とルナの二人で向かうことになった。

普段着ている貴族用の服を着ていくのは止めることにした。

いくらでもふっかけられると思われて値段をつり上げられたりされても嫌だしね。

だから着ているのは魔道具作りの際に普段使いしている、着心地を重視した服だ。

ランクとしては少し上等なくらいなので、ちょっと裕福なところの子供くらいには見えるだろう。見た目から侮ってくれるとこっちもやりやすいんだけど……。

「緊張してきたな……」

「ファイトですよ、アスタ様っ！」

少し重い足取りで、店へと近づいていく。高く掲げられている看板には、ハスタ商会ガルドブルク支店と書かれていた。

領都にはいくつか商館があるが、奴隷を商いにしている奴隷商の数はそれほど多くない。

ちなみに奴隷商は営業をするために国からの認可が必要でがっちり利権に絡んでいるため、比較的新興のパウロ商会も手を出すことができていない領域だったりする。

威圧のためか店前にはがっちりとした体型のボディガード然とした黒服が立っていた。

彼らにいかにも重厚そうな扉を開けてもらうと、すぐに人がやって来た。

「いらっしゃいませ、本日はどのような奴隷をご入り用で？」

手を揉みながら近寄ってきたのは、横に大きい樽のようなお腹をした商人だった。

身体はひょうたんみたいな形をしていて、つぶらな瞳がくりくりと輝いている。

彼はこちらを侮るのではなく、値踏みしている様子だった。

「戦闘用の天職を持っている奴隷が欲しいんだ」

「かしこまりました、ではこちらへどうぞ」

同じような要望の人間が多いからか、戦える奴隷達は一箇所に纏められているようだった。

部屋に入ると中央に赤い絨毯が敷かれており、右側に男の奴隷が左側には女の奴隷が並んでいる。

年齢は十代後半から二十代後半くらいまでで、皆生気のない顔をしている。

「それぞれの天職を教えてもらえる？」

「はい、こちらから戦士、槍使い、剣豪……」

太っちょの奴隷商人の言葉を聞きながら、奴隷を一人一人吟味していく。

前に誰かがやっているのを見たことがあったので試しに歯茎を見てみたりもしたけど、素人の僕では何もわからなかった。

見たところ、奴隷の扱いはそこまで悪いものではないようだ。

部屋の隅にはおまるがあり、しっかりと身体を拭いているからか饐《す》えたような匂いがすることもない。一日二食は食事が与えられ、買われてからすぐに戦うことができるよう素振りなんかの時間も取られているのだという。

ただ奴隷にも扱いの差があるようで、強力な天職を持っている人間は明らかに肉付きが良かった。逆に剣士のようなわりとよくある天職の人間は必要最低限の栄養しか摂らせてもらっていないようだ。

値段はピンキリだけど、剣豪持ちの剣士は金貨百枚を超えていた。

出せないというわけじゃないけど、結構高い。

リストを渡されながら全員分の話を聞かせてもらったけれど、いまいちピンとくる人がいない。

なぜかと思い、一つ伝え忘れていたことがあったことに気付く。

今回奴隷を買うにあたって、一つだけここは譲れないという条件があることを言い忘れていた。

「できれば戦闘向けの天職を持っているけど、まともに武器を握ったことがないような人間がいいんだ」

「は、はぁ……？」

困惑気味の太っちょ商人が額にものすごい汗を掻きながら、奴隷のリストをペラペラとめくり始める。

今までそんなことを言ってくる人間がいなかったからか、かなり焦っているようだ。

普通奴隷を買う時に求められるのは即戦力になるかどうかだもんね。

——今回購入する奴隷には、僕の魔装具を使って戦ってもらうことになる。

既に武器から防具まで様々な魔装具を開発することに成功しており、その中には背中に風を発生させて加速をしたり、空中を足場にして戦ったり、斬撃を遠くへ飛ばすようなものもある。

そんなたくさんの奇想兵器は、きっと今後も増えていくだろう。

そうなると一般的な剣術や槍術を習っている人間だと、逆に魔装具の持ち味を殺してしまいかねない。

したがって戦闘用の天職を持っているけれど誰かから戦う術を習ったりせず、魔装具での戦闘になじめる人材がいいのだ。

「あぁ……えっとその、いるにはいるのですが……」

しばらくすると、太っちょ商人がもごもごと口を開いた。

心当たりはあるようだけど、どうにも態度がおかしい。

「どの子？　話が聞きたいんだけど」

「……こちらへどうぞ」

苦虫を噛みつぶしたような顔をした商人が向かった先は別の扉だった。

どうやらこの部屋にはいないらしい。

さっきとは逆側にある扉をくぐり先へ進むと――そこには両手両足を鎖で雁字搦《がんじがら》めに縛られた、一人の少年の姿があった。

ところどころに赤が交じった紺色の髪をしている、鋭い瞳を持った男の子だ。

年齢は僕と同じくらいだろうか。全身が傷だらけで見ているだけで痛々しい。

「ちょっと、大丈夫⁉」

「――近づかないでください！」

声を上げたのは後ろに控えている奴隷商――ではなく、鎖に縛られている少年の方だった。

息を止めながら立ち止まり、くるりと後ろを振り返る。

すると太っちょ商人は何も言わず、こくりと首を縦に振った。

どういうことなのか、事情を聞かせてもらうことにした。

「なんであんな重たそうな鎖で縛られてるの？」

「じ、実はですね、あの奴隷――ラグナは以前大暴れをしたことがありまして……」

その言葉に思わず首を傾《かし》げる。

それはおかしい、さっき言ったことと矛盾している。

隷属の首輪があれば、奴隷が逆らうことはできないって話だったのに。

「あれの天職が問題なのです。下手に戦闘技術をつけられると厄介なので、今のままなわけですな」

「一体なんの天職なの？」

「――狂戦士です」

「きょう、せんし……」

狂戦士はかなり強力な天職でありながら、ほとんど買い手がつくことがないのだという。

高い戦闘能力を持つ狂戦士の天職持ちが売れ残る理由は、狂戦士が戦闘中に陥るバサークという状態異常にあるらしい。

バサーク状態になると敵味方の区別が本人にもつかなくなる。

敵を倒すつもりで主を害してしまうため、隷属の首輪も効力を発揮しないらしい。

「本人が一度戦いだと認識すれば最後、狂乱の状態が切れるまで暴れ続ける――忌み嫌われた、呪われた天職ですよ」

ひどい言い草だ。ハナから売れると思っていないからか、口調も少し投げやりになっている。

多分この子――ラグナのせいでいろいろと迷惑をかけられたんだろうけど、それにしたってそんな言い方はないと思う。

だって天職は、神様が僕達に与えるものだ。

選ぶのは神様で、僕らには最初から選択権なんてものはない。

きっと彼だって、なりたくて狂戦士になったわけじゃない。

「君、ラグナって言うの？」

「……はい」

だって彼は――近づこうとする僕を、止めてくれた。

傷だらけの身体を鎖で縛られる……そんな厳しい状況にあっても人を思いやることのできる、優しい子だ。

「店主、この子をちょうだい」

「ええ、そりゃ構いませんが……」

僕はきょとんとするラグナに笑いかけながら告げた。

「一緒に行こう、ラグナ。大丈夫、僕ならきっと――君を助けられる」

【side　ラグナ】

不幸はすぐ近くに、ひっそりと影を潜めている。

ぼくがそう気付いたのは、八歳の冬だった。

麦の病気が蔓延したことで、麦の収穫量が減り不作になった。

にもかかわらず、徴税人はいつもと同じ年貢を要求した。

結果として、家族全員がギリギリ冬を越せないほどの食料だけが残った。

口減らしとして身売りに出ると、ぼくは自分から提案した。

ぼくは一人、馬車に揺られた。小さくなっていくふるさとを見ると、涙が流れた。

自分にいくらの値がついたのかは見なかったし、聞かなかった。

それが自分の価値だと言われているようで、嫌だったから。

そのまま九歳になるのを待ち、天職授与の儀式を終えるのを待つことになった。その方が高値で売れる可能性があるからということらしい。

ぼくの天職は狂戦士だった。レアな天職らしく、冒険者に買われた。

戦闘奴隷として買われたぼくが気付いた時、主は倒れていた。

自分がやったことの意味に気付いた時、ぼくは既に返品されていた。

主を傷つけることができるぼくは、奴隷としても売ることができないと言われた。

ぼくを預かっている奴隷商の人がまだマシな人だったから生きていられるけど、下手したら殺されていてもおかしくない。

暴れることがないよう、鎖をつけて拘束されながら、死なない程度に味のしない食事を食べる。最初の頃は泣いていたけれど、涙は気付けば涸《か》れ果てていた。

何もせず、ただ殺されていないだけの日々が続いていく。

永遠に思える日々が過ぎる中で、自分がなんのために生きているのかがわからなくなっていった。
ぼくには夢があった。いつか騎士になって戦場を駆け回るという夢だ。
もっとも今となっては、夢物語になってしまったけれど……。
夢と現《うつつ》を行き来しているうちに、ふとぼくの意識が覚醒する。
——目の前に、ぼくと同じくらいの年齢の男の子が立っていた。
綺麗な青い瞳をした、女の子のようにかわいらしい子だ。
「店主、この子をちょうだい」
「ええ、そりゃ構いませんが……」
彼が口にしている言葉の意味が、理解できなかった。
呆然としているぼくを見た彼——アスタ様が笑う。
「一緒に行こう、ラグナ。大丈夫、僕ならきっと——君を助けられる」
なぜか瞳から、涙があふれてきた。
ああ、ぼくは助かったのだ。
なんの根拠もないけれど、ぼくはそう確信した。
そしてそこからぼくの……ラグナの、第二の人生が始まった。
奴隷になってから失ったもの、望むべくもないと思ったもの。

アスタ様はぼくに、その全てを与えてくれた。

「腹が減っては戦はできぬって言うし、まずはじゃんじゃん食べてね！」

「これを……ぼくが食べていいんですか？」

目の前に並べられた、湯気が立ち上るほどアツアツのご飯。

気付けばぼくはただ無心にご飯をお腹の中に入れ、久しく感じていなかった満腹感を数年ぶりに得ることができた。そしてそれは最初の一回だけではなかったのだ！

ぼくは頑張る限り、食事はどれだけ取っても構わないと言われた。

もちろんアスタ様がぼくにくれたものは、食事だけではない。

アスタ様はただ施しをしてくれるだけではなかった。

なんとアスタ様は、将来的に領地をもらうことになる貴族様だったのだ。

彼はぼくに、かつて諦めてしまった騎士になるという夢を、もう一度見せてくれた。

アスタ様が望むのであれば、ぼくはどんなことだってやってみせる。

「ラグナ、君には戦うための力をつけてほしい。僕は今から一年後、過酷な土地へ領主として赴くことになる。その時に、僕を守れるだけの力を」

ぼくはアスタ様の言葉に頷いた。正直なところ、戦うのは少し怖い。

目の前が真っ赤になり気付けば味方を傷つけてしまった時のことを思い出せば、剣を握るのをためらってしまう。

だがそこに関しても、アスタ様のケアは完璧だった。

「よっ、お前がアスタ様の奴隷か？」

任せてよと言われ次の日に会うことになったのは、Bランク冒険者のザイガスさん。

もみあげと繋がるくらいのあごひげのある、強面の男の人だ。

なんでもザイガスさんは既に、アスタ様に忠誠を誓っているらしい。

こんな人も配下にしてしまうアスタ様の人間力には、感服するばかりだ。

ザイガスさんはぼくの戦いの師匠として、稽古をつけてくれた。

最初はまた人を傷つけてしまうのが怖くて躊躇《ちゅうちょ》していたけれど、すぐにそんなことを気にすることはなくなった。

「ほらほらどうしたラグナ、アスタ様の役に立つんじゃなかったのか！」

Bランクというのは成竜のワイバーンを狩ることができるほどの冒険者で、その中でもほんの一握りの一流どころの人達。

まだ身体もでき上がっていないぼくが力任せに暴れ回ったところで、ザイガスさんからすれば赤子の手を捻るようなもの。

ぼくは初めて自分の力を、全力で使うことができた。

「おらおらどうした、そんなもんか！」

狂戦士の天職には、戦闘中に己の傷を癒やす自動回復《オートヒール》という能力がある。

そのためぼくは自分の意識がなくなるまで何度も戦い、そして何度も地面にたたき伏せられた。

「己の内側にある凶暴性を飼い慣らせ！」

バサークの状態で長時間居続けることは初めてだった。

目の前が真っ赤になり、全てのものが敵に見えてくる。

そして破壊衝動に突き動かされ、己の限界を超えた能力を発揮することができるようになる。

何時間、何十時間とバサーク状態でいるうちに、なんとなくだけど自分の身体をコントロールすることができるようになってきた。

やたらめったらに攻撃をすることは変わらないんだけど、上手く体内の魔力を調節することで味方に攻撃する時に威力を弱めることができるようになったのだ。

毎日動けなくなるまでたたきのめされるのは、何もしないで商館にいた時よりもずっとずっとつらかった。

けれどあの時とは違う。今のぼくには明確な目的がある。

アスタ様を守る。そのためならどんなにキツい鍛錬にだって耐えられた。

そしてそんな修行を続けていく中で、ぼくは狂戦士としての力をある程度制御することができるようになっていった。

「とりあえず状態異常を完治させるんじゃなく、指向性を持って制御することができるようにしてみたよ」

そう口にしたアスタ様が手渡してくれたのは、赤と青の糸の絡み合ったミサンガだった。

買われてから知ったんだけれど、アスタ様は一流の付与魔法の使い手だった。

ぼくの髪に似た色合いのそれをつけてみると、狂戦士としての力を発揮しながら、ぼくとしての理性を保ったまま戦うことができるようになった。

初めて自分の意志で剣を振るうことができた時、ぼくは思わず泣いてしまった。

ぼくはこんなに涙もろかっただろうか。

身体は前より強くなったはずなのに、なんだか変な感じだ。

「よし、それじゃあこれから先は魔装具を使った戦闘に慣れてもらうよ。大丈夫、ラグナならできるさ」

アスタ様は不思議な人だ。そう言われると本当にそういう気がしてくる。

こちらを疑っていないその目を見れば、やらなくちゃという使命感が心の底から湧いてくる。

かけてもらった期待を、裏切るわけにはいかない。

ぼくはアスタ様が作る摩訶不思議な魔装具を使いながら、ザイガスさんに鍛えてもらう日々が続いた。

最初は振り回されることも多かったけれど、必死になって食らいついているうちに扱いにも慣れてきた。

魔装具の制限がなければ、ザイガスさんとまともにやり合うことだってできるようになったくらいだ。

……それに業を煮やしたザイガスさんがアスタ様に魔装具を用意してもらうようになってからは、また大きく差が開いてしまったけれど。

普通に戦うことができるようになったことで、実は以前から密かに憧れていた冒険者になることもできた。

自分が強くなっていくことを実感しながら戦うのは、とっても楽しかった。

そして心の底から楽しいと思っているからか、ぼくの実力はめきめきと上がっていった。

魔物相手の戦いでも後れを取ることはなくなったし、アスタ様の家の騎士と戦っても問題なく勝つことができるくらいに強くなった。

そんな折、ぼくはある話を耳にすることになった。

アスタ様が広く武官を雇うために、武闘会を開くらしい。

武闘会で優勝した人には、アスタ様がなんでも一つ希望することを聞いてくれる権利を与えられるのだという。

お金、地位、名誉……魔道具作りの才にあふれたアスタ様ならば、どんな願いも叶えることができるだろう。

その話を聞いてぼくの脳裏に浮かんだのは、意外なことに以前の夢である騎士になりたいという願いではなかった。

アスタ様の、一番でありたい。

彼がどこへ行ってもそれを守れるだけの力があると証明したい。

ぼくはアスタ様にも内緒で、武闘会にエントリーした。

武闘会では実力ある即戦力を採用するため、魔法や魔装具の使用も解禁されていた。

だからぼくはアスタ様が作ってくれた魔装具を使い、全力で戦うことができた。

ザイガスさんは実践的な人で、手を止めて口で教えてくれるようなことはほとんどなかったと言っていい。

けれどザイガスさんの攻撃が、防御が、ぼくの身体には染みついていた。

勝利を重ねていくうちに、ぼくは自分が強くなっていることを知った。

もちろん魔装具による力は大きい。ぼくはまだ、アスタ様が作る魔装具に相応しいだけの人間になれてはいない。

けれど魔装具に使われるのではなく、自分の思うがままに使うことくらいは、今のぼくにだってできる。

加速する突風を噴き出す全身スーツに、魔力を流すことで剣身の延長や斬撃飛ばしなどいろいろな効果を発動させることができる剣、魔力を込めることで硬度を上げることができる盾……同じアスタ様印の魔装具を持っている人がザイガスさん以外にいない以上、彼以外に負ける道理がない。

負けるようなことがあってはならないのだ。

アスタ様の魔装具を使っている以上、ぼくが負けることはアスタ様の魔装具の評価を貶《おと》しめることになってしまうから。

武闘会の決勝戦の相手は、なんとぼくの師匠であるザイガスさんだった。

ザイガスさんはアスタ様の魔装具を持っているが、ぼくも全身を魔道具で固めている。だから負けられないのは、彼が相手でもなんら変わらない。

「――――行きますっ！」

「おうっ‼」

ザイガスさんと戦っている中で、ぼくの衝動を抑え込むためのミサンガが切れた。

けれどぼくは暴れ出すようなことはなく……むしろさっきまでよりずっと、自分の力を使いこなすことができるようになっていた。

狂戦士として迸る戦意を、鋼の理性で抑えつける。

戦局を観察する目はどこまでも冷静に、けれど一撃には激情を。

「見事だぜ、ラグナ……」

一心不乱に戦い……気付けばぼくの前には、地面に倒れ伏すザイガスさんの姿があった。

ぼくは武闘会に優勝することができた。

それはアスタ様に買われてからの一年間の努力の結晶だった。

表彰式に出てきたアスタ様がぼくの首に金色のメダルをかけてくれた時に、ぼくの瞳は潤んだ。けれど今回は、泣きはしなかった。

なぜならぼくには、やらなければならないことがあるからだ。

「ラグナ、君は僕に何をしてほしい」

「アスタ様、ぼくを——私を、騎士にしてください。あなたを守るための騎士に」

優勝の報奨としてぼくはアスタ様の騎士になることを求め、その願いは受け入れられた。

ぼくは解放奴隷となり、アスタ様の右腕である第一の騎士となったのだ。

アスタ様が言っていたんだけど、ミサンガが自然に切れる時には、持ち主の願いが叶うのだという。

そう考えると、あのミサンガがあのタイミングで切れたのは、一つの必然だったのかもしれない。

騎士になりたいという願いと、アスタ様の側にいたいという願い。

二つの願いが、一気に叶ってしまったのだから。

アスタ様からもらった魔装具から家名をもらい、ぼくはアウトフィット家を名乗ることになった。

ラグナ・フォン・アウトフィット——これがぼくの新たな名前だ。

ぼくはアスタ様を守ってみせる。たとえこの命に代えても。

誰からも見放されたぼくを拾い上げ、ここまで育ててくれたアスタ様への大恩を返す。

それが騎士としてこの身を立てることができたぼくの――ただ一つの使命だ。

◆

僕が呪いの地へと出発するまでの時間は、残り一年を切った。

手を抜かずに取り組み続けたおかげで、着々と準備は整ってきている。

使う魔装具農具や支給することになる魔道具、それらを運ぶための馬車の手配なんかも出発までには間に合うよう、余裕を持ったスケジュールを組めている。

一番の問題だった武官の方も、ラグナのおかげでなんとかなったしね。

でも……いやぁ、まさかラグナは僕も知らないうちに、あそこまで強くなっていたとは。

やっぱり事前に戦い方を習っていなかったのが良かったんだろうね。

ラグナはどんな魔装具を渡しても、あっという間にそれを使いこなすようになっていった。

狂戦士はその圧倒的な能力で全てを破壊するといわれている天職だ。

そんな天職持ちと僕の作った魔装具の組み合わせは凶悪に過ぎた。

ラグナは足が宙に浮いている状態で斬撃を飛ばし、加重によって攻撃力を増した打撃で盾ごと防御をぶち抜いて一撃を加えられるようになっていた。

そんな中で開くことになった武闘会。

ラグナが参加していたのもびっくりだったけど、まさか優勝するとはね。

ザイガスさんとの模擬戦をたまに見たりすることはあったけど、まさか本気で戦うとあそこまで強いだなんて、持ち主である僕ですら想像していなかった。

こんな風になるなんて、彼を買った時の僕に言っても信じないに違いない。

武闘会は自分に忠誠を誓ってくれる騎士ラグナを手に入れることができた以外にも、副次的な収穫があった。

武闘会の予選を抜けて本戦へ出場することができた有能そうな武官何人かを雇うことができたのだ。

ちなみに仕官志望の人間の中には余所の貴族や魔道具ギルドから派遣されてきた者達もいたけれど、彼らは全て選考段階で弾かせてもらっている。

どうしてそんなことができるのかといえば、僕が新たに生み出した魔道具である真偽の鏡のおかげだ。

これは簡単に言っちゃえば、相手の魔力波を見る形で嘘を見破られる嘘発見器だ。だからこの魔道具の前で質問をすれば、一発でスパイは見抜くことができる。

能力の有用性からもわかると思うけど、これは魔道具としてはかなり高度な代物になる。

お財布に余裕ができ、セバスという頼もしい財務担当がついていろいろな面で余裕ができた僕は、ようやく魔道具ギルドの一流職人と比べても遜色のない製品を作り出すことができるようになった。

技術者としては一流であるマーテルと僕の現代知識を重ね合わせることで、魔道具ギルドでは実現が不可能とされているもののうちいくつかを生み出すことにも成功している（実を言うと真偽の鏡も、そのうちの一つだったりする）。

新たに雇った武官が信頼できるかどうかといった細かい査定は、騎士団を持つことになるラグナに任せることにする。

年齢が若くとも彼を侮るようじゃ論外だしね。

最初から全員に魔装具を行き渡らせるのも持ち逃げされたり、いろいろ問題が多そうなので、ラグナからのお墨付きが出たらその時改めて渡すような感じにしようと思っている。

いきなり性能が高い魔装具を渡すのも使いこなせなかったり、いちいち驚かれたりするのも面倒なので、まずは斬撃強化（中）をつけたくらいの魔剣から始めていけたらと思う。

あ、そうそう。魔道具を作っていくにあたって、僕はようやく魔道具の出力を調整することもできるようになっていた。

現代日本の鮮明なイメージだとどうしても高めになってしまっていた性能を、顕界情報を弄って弱める形で調節が可能になったのだ。

おかげで現在全ての魔道具が、弱・中・強・無制限の四段階に出力を変えることができるようになっている。ちなみにこれの応用で、魔導ランプなんかは前世で使ってた調光式ＬＥＤランプみたいな感じで光量をタッチで調節できるようにもなった。

更に言うと普通の魔道具も問題なく作ることができるようになったことで、市販用の魔道具なんかも作ることができるようになった。

魔道具作りの腕が上がったし、そろそろ次のステップに挑戦してもいいかもしれない。

――魔道具を作る魔道具を始めとした、超難易度の魔道具作りに。

超難易度の魔道具を作ると決めてから、僕はすぐ動き出すことにした。

まず最初は一応現物が現存している物から作っていくのがいいだろう。

――品評会で魔道具ギルドに勤めていた野良の付与魔術師がスカウトできたことで、僕はギルドが持っている知識をある程度手に入れることができた。

今は製法が失われている魔道具の中で最も僕の興味を引いたのは、本来よりも多くの物を入れることのできる魔道具である収納袋だった。

これを作れるかどうかは、僕が領地へ向かうにあたってかなり重要になってくる。

僕は魔道具を多用する関係上、荷物が非常に多くなってしまう。

現時点で既に辺境伯家の屋敷にある普通の民家サイズの倉庫を圧迫してしまうほどに大量の

素材と魔道具が並べられているくらいだ。

物は今後もますます増えていくだろうし、それら全てを領地に運搬するとなったら、一体どれだけ馬車が必要になるか……一応試算はしたが、結構恐ろしい額になってしまった。

武官を使っているため現時点での警備費用も馬鹿にならないし、今後もこれを払い続けるのもしんどい。ランニングコストは可能な限り削っておきたいからね。

それゆえ収納袋が作れるかどうかは、領地経営にあたってかなり重要なファクターになってくる。

他の伝説の魔道具とは違い、収納袋は一応現物がこの世界に存在している。

ただ収納袋は、魔道具職人が生み出した物ではない。

ダンジョンと呼ばれる魔物が大量に湧き出てくる危険地帯から産出した逸品だ。

そう、この世界にはダンジョンも存在している。

正直気にならないといえば嘘になるけれど、僕にはまともな戦闘能力はないからなぁ。行っても大した活躍もできずに終わると思えば、そこまで行く気は起きなかった。

ただダンジョン由来の品でも、作るにあたって参考になるのは間違いない。

父さんの伝手を遠慮なく使わせてもらい、所有している王家の宝物庫へ向かい手に取って確認する機会を得ることに成功。

そこで僕は収納袋の顕界情報を読み取ったんだけど……それがなかなかにファンタスティッ

クだった。

とんでもない情報強度をしており、そのほとんどが内部空間の拡張に使われている。

おかげで空間の拡張に関する顕界情報のコードを手に入れることができたのは良いんだけど、それに使うリソースがとにかくはちゃめちゃに大きい。

まともな素材……少なくとも今僕が持っているような素材では、最低限必要な情報の半分も書き込むことができそうにないほどだ。

市場に出回ることがほとんどないような伝説級のレア素材でも使えばまた話は違うのかもしれないけれど、いくらお金に余裕があるとはいえそんな代物を富豪とオークションで競って落札できるほどの巨万の富があるわけじゃない。

僕の収納袋作りは、早速暗礁に乗り上げてしまうのだった――。


ずっと家の中で考えていたせいで、完全に煮詰まってしまった感がある。

リフレッシュも兼ねて屋敷を出て、外を回ることにした。

「街に頻繁に出られるようになったのもラグナのおかげだよ」

「いえ、当然のことをしたまでです」

最近ではメイドのルナ以外に、ラグナも僕と行動を共にするようになっていた。

というのも父さんも頑張っていろいろと隠蔽工作をしてくれたんだけど、さすがにあれだけ大量に魔道具を作っていたこともあり、僕が辺境伯家の秘蔵っ子であることは魔道具ギルドにバレちゃったんだよね。

そのせいで魔道具ギルドが差し向けてきた刺客が僕を襲ったり、どこかの貴族から依頼を受けた盗賊ギルドの連中が僕を誘拐しようとしたりと、まあひっきりなしに様々な襲撃をされた時期があった。

そんな時にその全てを難なく撃退してくれたのが、僕の騎士になったラグナだ。

彼がいるおかげで僕は必要以上にビクビクすることはなくなった。

隠す物もなくなったし、今では普通に街をぶらつくことだってできるようになった。

なんやかんや、あんまり外に出られないのは地味に結構ストレスが溜まってたからね。

とりあえず行きつけのカフェに入ると、店主自ら出迎えにきてくれた。

「いらっしゃいませ、アスタ様」

「いつものを三つで」

ふふん、どうだ。何度もこの店に通ったおかげで、今ではいつもので注文が通る。

行きつけの店でこれができると、なんだかちょっぴり気分が上がる。

「うーん、しかしどうしたもんかなぁ……」

「どうかされたんですか、アスタ様？」

ルナは魔道具作りの際には、僕の邪魔をしたくないという理由で基本的に部屋の外に出ている。

そのためルナは魔道具作りに関することはほとんど知らないし、当然ながら僕が魔道具作りに行き詰まっていることだって知らない。

手綱を取るのはセバスがやってくれるから、ルナは良い感じで気が置けないメイドさんって感じで上手く役割分担ができてるんだ。

ただルナは普段はぽやぽやしているけれど案外物事の本質を突く鋭いところがあって、彼女のアドバイスのおかげで閉塞していた魔道具作りが進展したことも何度かあったりする。

この機会に彼女に一度聞いてみるのもいいかもしれない。

「今やってる魔道具製作が、どうも上手くいかないんだよね」

「珍しいですね、アスタ様が行き詰まるなんて」

「今度は前より難易度を一気に上げたんだ。多分だけど、今と同じやり方をやってても意味がない気がしてるんだよね」

「ふむ、アスタ様がそう言うのならそうなんでしょうねぇ……」

顎に手を当てながらむむむ……と唸っているルナの下に、彼女が頼んだケーキがやって来る。

その隣には黙ってじっとしているラグナの姿がある。

わざわざ後ろに立たせているのはなんだか落ち着かないので、お店で飲食をする時はこんな風に一緒に卓を囲むことが多い。

自分は騎士なのでと固辞しようとするラグナに言うことを聞かせるのは、結構骨だったよ。

「あむあむ……ここのケーキ、やっぱりおいしいよね」

「……（もぐもぐ）」

ラグナはケーキを頬張っていて話せないからか、こくりと首を縦に振った。

一緒にいて知ったんだけど、彼は実はかなりの甘党だ。

甘い物ならフルーツでもスイーツでもなんでもござれで、生菓子には特に目がない。

一応作物の中に小豆もあったし、領地に向かったら和菓子でも作ってあげることにしようかな。

「今までと同じやり方でダメだったのなら、今までと違うやり方をすればいいってことですよね？　あ、すみません、ケーキのおかわりください」

「そりゃまあ、そうだけどさ……僕もおかわり一つ」

「自分もお願いします」

三人でケーキの追加を頼みながら、ああでもないこうでもないと頭を悩ませる。

「ダメだ、八方塞がりだ」

「出ましたね、アスタ様語が。いっそのことアスタ語で魔道具でも作ってみたらどうですか？」

「はは、ルナさんは相変わらず変なことを言いますね」

そう相づちを打つラグナがこちらを向く。

甘味に頬を緩ませていた彼が、すぐさま表情を真面目なものに変える。

僕が発している雰囲気が変わったのに気付いたんだろう。

「……その手があったか」

アスタ様語……つまり僕が前世で使っていた日本語を使う。

それは行き詰まっている現況を打破しうる可能性を秘めた、革新的なアプローチだ。

「ア、アスタ様？」

「そっか、でも今までなんで気付かなかったんだろう……」

考えれば答えはすぐに出た。

物に付随している顕界情報は、この大陸全体で使われている大陸共通語で記されており、付与魔法はその情報を、同じ大陸共通語で書き換えることで発動する。

それは天職を得ることで得られる基礎情報で、つまりはこの世界の付与魔術師にとっての一般常識だった。

けれど僕は転生をしている、イレギュラーな存在だ。

ひょっとすると、僕はこの世界の常識に囚われ過ぎていたのかもしれない。

「よし、今すぐ戻ろう！」

「えっ、ちょっとおかわりが……」

「ほらルナさん、行きますよ！」

「わあああん！　私のおかわりいいいいいっっ‼」

半泣きのルナを引きずっていくラグナも少しもの悲しそうな顔をしていたので、頼んでいたケーキはテイクアウトで持っていくことにした。

僕が魔道具作りをしている間に、ぜひとも舌鼓を打ってもらうことにしよう。


「……まさかできちゃうとは……」

屋敷に戻り早速試してみたところ……一体今までの悩みがなんだったのかと思うほどあっさりと、収納袋が完成してしまった。

この理由は、顕界情報と情報強度の性質にある。

顕界情報は大陸共通語を使っているため、SVOCを使った主述のあるしっかりとした文章になる。更に言うと単語に使う文字数も多いため、顕界情報で魔法効果を付与する旨の記述をしようとするだけで、リソースをある程度食ってしまうのだ。

けれどそれを日本語にすることで、魔法効果発動までに必要な文字数を大きく減らすことができた。

内部空間をAと規定し、空間の拡張にBのリソースを使用、空間の維持にCのリソースを使用し、使用する魔力に関しては下部に記載する特記事項乙を参照し……といった感じでくどくどと続く契約書みたいな文章の記述を、なんと日本語だと内部拡張機能の六文字で表現することができるのだ！

一体これがどのくらい画期的な発明か！

効果発現に使うリソースを驚くほど減らすことができるおかげで、今までは情報強度の関係上入れるのを見送った効果も問題なく盛り込むことができるようになった。

ちなみに収納袋の素材にはミミック——ダンジョンの内部で宝箱に擬態して人に襲いかかる魔物を使っている。

「とりあえず、容量の確認からいこうか」

ミミックはそこまでレアな魔物というわけでもないのだけど、ミミック素材は巷《ちまた》にほとんど流通していない。

ミミックの素材はその身体そのもの——つまりは大の大人がギリギリ抱えられるほどの大きさの宝箱だ。

素材は今のところ活用する方法がないため買取値段は捨て値、そのためわざわざ持ってくる冒険者がおらず、結果として常に欠品しているような状態になっている。

ダンジョン内には現在何にも活用できないとされている魔物の素材やお宝なんかも多数眠っているらしい。

ひょっとすると素材が使えないんじゃなくて、それを使うだけの技術が付与魔術師にないだけなんじゃないか……なんてことも思ったり。

「ミミックの素材、可能なら集めてきてほしいな。ザイガス達にでも頼もうか」

「ラグナ様の稽古も一通り終わりましたし、よろしいかと」

セバスに素材の収集をお願いしてから、一度倉庫へ向かう。

一体どれくらい入るのか、収納袋の容量を確認するためだ。

「よし、それじゃあじゃんじゃん入れていこうか」

僕がミミック素材で作った収納袋は、巾着袋の形をしている。

なるべく大きな物も入るよう口を広めに取っているので、見た目は茶色いちょっと枯れかけのお花みたいになっている。

ルナがものすごい勢いで素材を収納袋へ入れていくのを見守っていると、みるみるうちに倉庫の中が片付いていった。

「えいっ、はっ、ほっ！」

魔道具一式から領地に持っていこうと思っていた馬具や替えるための馬車の車輪まで、概《おおむ》ね倉庫の中の物が全て入ったが、まだいっぱいになる様子がない。

「これ……間違いなく王家が持ってる収納袋より性能が高いよ」

「そんな、それこそアーティファクト級じゃないですか⁉」

日本語を使い圧縮して余ったリソースは全て容量の増加に費やしたんだけど、想像以上の結果になった。

多分だけど僕の持っていく諸々の荷物は、全てこの収納袋に入ってしまうだろう。

これはあんまりたくさん作らない方がいいいな……。

下手に市場に流通させると、経済圏を壊してしまいかねない。

物を別の地域へ運ぶ商人の仕事を奪ってしまうことになるからね。

僕の分と辺境伯領で使う分の数個を作ったら、そこで打ち止めにしておくことにしよう。

「なんにせよ、これで輸送代は大きくカットできるね。用意していた手配の馬車には……その分だけ家畜をたくさん入れていくことにしようか」

呪いの地でできるかはわからないけれど、馬車の積載量に余裕があるなら鶏や豚、牛を連れていこう。

ただ牛を連れていくのはちょっと重いか……あ、そうだ。

今まで考えたことなかったけど、馬車自体を魔道具にしたりすることもできるはずだよね。

それなら重量軽減みたいな効果を付与できれば、運搬がもっと楽になるんじゃないかな。

「まあ今はそれより、この日本語でどこまでやれるかの確認が先だね」

こうして日本語という新しい武器に気付いたことで、僕の魔道具作りは圧倒的な飛躍を遂げることになる。

今まで再現が不可能とされていたダンジョン産の魔道具の効果を再現させ、おとぎ話の中でしか出てこないような伝説級の魔道具を作り出し、僕とマーテルの念願であった魔道具を作る魔道具の作製にも無事成功し……気付けばあっという間に月日が流れ、僕が領地へと向かう日がやってきた。

第五章　別れと出会い

「アスタに北部辺境領の開拓を命じる。それにツールの家名と現地での裁量権を与える。……まあこの辺りの細かいやりとりは全てやったということにしておくから、いつも通りにして構わん」

「ありがとうございます」

形式張った事務処理が苦手な僕は、ぺこりと頭を下げる。

ここは父さんの執務室。

そして今日は、旅立ちの日。

僕は本日付で正式に子爵位を授けられ、領都ガルドブルクを後にすることになる。

「あれから三年か……あっという間だった気がするよ」

「一生懸命頑張っているうちに、気付けば時間が経っていました」

「アスタ、お前のおかげで我が領は豊かになった」

父さんの執務室は、屋敷の二階にある。

ガルドブルクは元々が丘陵の上にできた都市であり、この屋敷はその中心。

周囲より少し高くなっているこの場所からは、眼下に都市を見下ろすことができるようになっている。

父さんはじっと、ガルドブルクの町並みを見つめていた。

僕にはそれが、そこにあふれている笑顔を、噛み締めているように見えた。

「なんとか間に合って良かったです」

「ああ、あれができたおかげで、想定より十年は早く魔道具ギルドを倒すことができた」

父さんが言っている通り、この三年間でガルドブルクは大きく発展した。

その一番の要因はやはり、貴族と癒着している魔道具ギルドを壊滅させることができたことにある。

僕が日本語による情報圧縮によって生み出すことに成功した、魔道具を作る魔道具。

これを使えばある程度魔力を持っている人であれば誰でも、魔道具を生み出すことができるようになった。

そのおかげで現在ガルドブルクの魔道具は、平民でも手が届くほどの値段になっている。

魔道具ギルドもあの手この手を使って粘ろうとしていたけれど、貴族達が自分達へのマージンのために値段を高く設定した魔道具と、領主のお墨付きで作られた格安の魔道具。

後者の方が性能が上となれば、皆がどちらを選ぶのかは自明の理というものだ。

魔道具ギルドは捨て台詞を残しながら出ていった。

多分そう遠くないうちに、彼らは国中からその姿を消すことになるだろう。

魔道具を作る魔道具には、それだけの力がある。

「魔道具が巷に広がったおかげで、領民に余裕ができた。そして余裕はそのまま、経済の活性化に繋がる」

火を熾すこと、井戸から水を引くこと、土を掘り起こすこと、洗濯物を乾燥させること。

魔道具を使えば、今までかかっていた時間を大幅に短縮することができる。

領民に余剰の時間が生まれたことは、そのまま経済の活性化に繋がった。

更に働けばそこに経済活動が生じ、空いた時間で遊べばそこに消費が生まれる。

安価な魔道具が流通したことで領内は以前よりはるかに活気に満ちている。

「まさかお前が天職を授かった時には、こんなことになるとは思っていなかったよ」

「それは……僕も同じですよ」

あの時はただ、兄さん達と同じ剣聖の天職を継がなくて良かったとしか思っていなかった。

家督争いに混ざらないという一心だったし、僕の力で何かができるだなんて、考えもしなかった。

「アスタ、お前は私の予想を超えて、大きく成長してくれた……心も、身体もな」

くるりと振り返った父さんの顔には、三年前よりもしわが増えている。

鋼の肉体は相変わらず健在だけれど、その姿は以前よりほんの少しくたびれているように見えた。

対して僕の方は、この三年で背も結構大きくなった。

もちろん父さんと比べるとまだまだ小さいけれど、いずれは父さんより大きくなるつもりだ。

「もしかするとあの時無理にでも、アスタを次期当主に据えるべきだったのかもしれないな」

「いえいえ、僕に戦う力はありませんから。きっとそうなったら、なんとかして廃嫡《はいちゃく》されるために必死にサボっていたかもしれません」

「……ふっ、そうか」

やわらかい笑みを浮かべた父さんに、頭をガシガシと撫でられる。

父さんの手は剣だこや固くなった皮膚でゴツゴツとしていて、頭皮マッサージでも受けているようだった。

「年に一度くらいは顔を見せに来い。俺もカルロスもお前を歓迎する」

「――はいっ！　それでは……行って参ります！」

執務室を後にする。ドアの向こうには、親子水入らずを邪魔しないようにと待機しているルナの姿があった。

「行こう、ルナ」

「……（ぺこり）」

何も言わず頭を下げるルナを引き連れ、屋敷の前へとやって来る。

そこには武官に文官、セバス達……今回僕と同行してくれる面子が勢揃いしていた。

そしてその中には、カルロス兄さんの姿もあった。よく見てみると少し離れたところには、ルガス兄さんの姿もあった。

「アスタ……本当に行ってしまうのかい？　あんなところにわざわざ行かなくても、領都に留まっておいた方がいいんじゃないか。僕が爵位を継いだら、もっと大都市の代官を任せてみせるし」

カルロス兄さんは僕より三つ上なので、御年十五。

線が細いが父さんの剣聖の天職を受け継いでいる、一騎当千の剣士だ。

この三年間で自信がついたからか、なるほどこれが辺境伯の継承者かと納得してしまうほどに、全身から貫禄のようなものがあふれていた。

僕が下手に剣聖の天職を受け継がなくて良かった。今の兄さんを見ていると、改めてそんな風に思ってしまう。

「いいんです、小さな土地をもらって適当にやっていくくらいが今の僕には合ってますから。それに……呪いの地の開拓はやりがいもありそうですし」

カルロス兄さんは僕の言葉を黙って聞いていた。

兄さんは父さんに似た鷹のように鋭い目つきに、母さんの持つ優しげな雰囲気を併せ持っている。

「ああ、ちゃうちゃう！　そっちの魔道具は三台目の馬車言うとったやろ！」

荷物の搬入を行っているのは、商人のウルザ。

この三年間で僕が貯めた財貨と、それを引き換えに大量に購入した物資を運んでくれている。

中には家畜も含まれているため、馬車の中からは元気な鳴き声が聞こえていた。

「父さんもひどいことをするよ。実の息子を呪いの地に送るなんて……」

「しょうがないですよ、今は守る力より攻める力の方が重要な戦乱の世の中ですから」

時は乱世。

教会が停戦のお触れを出したことで小康状態にこそなっているものの、国内外を問わず小競り合いは頻発している。

貴族に求められるのは戦闘能力であり、攻めっ気だ。

それは僕にはないものだ。

けれど今にしてみると僕はこんな風に思うのだ。

僕が強さを持って生まれてこなくて良かった……と。

辺境伯としての重責なんて、僕には負えそうにない。

精々僕にできるのは、仲間達と共に歩んでいくことくらいなものだ。

僕のすぐ後ろにはメイドのルナが控えており、その隣には騎士ラグナがぴしっと直立不動で待機している。

馬車の周りを警邏《けいら》してくれている冒険者を取り纏めるザイガスさんに、既に馬車の中で酒盛りを始めている、鍛冶の腕以外の全てを母親の中に置いてきてしまったマーテルさん。

彼らは皆、領都を出てまで僕についていくと言ってくれている、大切な仲間達だ。

僕を信じて同行してくれる彼らには、報いなくっちゃいけない。

もちろんこれから向かう先にいるであろう、まだ見ぬ領民達にも。

僕の両腕は小さいけれど、だからこそ自分で抱えることができるものくらい、大切にしたいのだ。

「僕は今でも、辺境伯に相応しいのはアスタだと思っているよ」

「……兄さん」

「アスタには物の道理を見極める賢さがあり、人を引きつけるカリスマ性がある。その才能の前には、戦う力があるかどうかなんて些末なことだと、僕は思うんだ。僕とルガス、二人の剣聖で君を支えていく――そんな未来が最良だったんじゃないかって」

「……」

僕は別に、そこまで大それた人間じゃない。

たしかに最初、周囲は僕のことを神童ともてはやしたけど、僕はそんなに大した人間じゃないのだ。

別に僕は、物の道理を見極められるわけじゃない。

僕はただ正解を知っているから、そこに至るまでの余計な道筋を省くことができるだけなのだ。

だって僕には――前世の記憶があるのだから。

人生二週目でリスタートができるなら、きっと誰だって神童にはなれるに違いない。

「君を呪いの地に縛り付けてしまうことが、辺境伯家にとって大きな損失になる――僕にはそんな気がしてならないんだ」

「買いかぶり過ぎですよ、兄さん」

全ての準備が終わり、馬車に乗り込む。

基本的な荷物は全て収納袋にしまうことができているため、馬車の中は人員と家畜でいっぱいになっている。

必要な準備は昨日の段階で終わっている。

一度呪いの地に行ってしまえばしばらくはお金を使う機会もないだろうということで、皆に払う給金を除けば、僕がこの三年間で稼いだお金のほとんど全てを注ぎ込んで物資を購入させてもらった。

特に食料に関しては、領の内外を問わず自重せずに買いあさったのでとんでもない量が中に入っている。ガルド家の領内の人間を数ヶ月食べさせることができるくらいには買い込ませてもらった。あまりに買い過ぎて小麦の値段が上がりそうになってからは、大麦や野菜類を買い込んだのでそこまで問題は起こっていない。

そんなに買って大丈夫なのかと言われれば、まったく問題はない。

今僕が持っている収納袋は内部の時間が経過しないようになっている改良型なので、どれだけ溜め込んでいてもカビたりしてダメになることがないからだ。

これだけあれば、呪いの地にいるだろう大量の獣人達が数年を暮らすくらい問題なくできるだろう。

もちろん収納袋の中に入っているのは食料だけじゃない。

魔道具作製に必要な素材や、僕が作ってきた数々の魔道具、農具に農機具、魔装具に防寒具……稼いだ額が莫大だったこともあり、およそ必要な物は網羅できたと思う。

御者が馬に鞭を打ち、馬車がゆっくりと動き出す。

僕は気付けば窓を開け、馬車から身を乗り出していた。

こちらに手を振る兄さん達。

屋敷の二階には、じっとこちらを見つめながら軽く手を挙げている父さんと母さんの姿が見える。

「――ぐすっ……ううっ!!」

気付けば目頭が熱くなり、嗚咽が喉の奥からこみ上げてくる。

頬を伝う涙が、拭っても拭っても後から湧き出してきた。

僕が十二年の間住んでいた、僕の愛する人達の暮らす屋敷がどんどん小さくなっていく。

なんだか僕だけが、世界から置き去りになってしまうように思えてしまって。

この十二年間で一度も感じることのなかった悲しみが、僕の心を満たしていく。

「――っぅ！」

けれど悲しみの青で満たされた心が、ゆっくりと温かみのある赤へと変わってゆく。

見ればカルロス兄さんは、目を真っ赤に腫らしていた。

父さんも唇を噛み締めながら、必死になって泣くのを我慢している。

なんだ……悲しいのは僕だけじゃないんだ。

皆悲しみながらも、それでも必死に前を向いて、必死に僕を送り出してくれようとしている。

であればそれに応えるのが、ガルド家の男としての矜持《きょうじ》だ。

「――行って、きますっ！」

キラリと輝く雫が、馬車の外から地面へと落ちてゆく。

絶対にもう一度、ここに帰ってこよう。

そう固く心に誓いながら、僕は領都を後にし、一路僕の領地となった北部辺境へと向かうのだった――。

北部辺境、通称呪いの地へと向かうのは当然一朝一夕でできることではない。

家畜や人員を乗せた馬車はおよそ一月《ひとつき》弱ほどの時間をかけて、目的地へと向かっていくことになる。

「うーん、こんなに長期間馬車に乗るのは初めてだから、ちょっと疲れるね……」

ガタゴトと揺れる馬車の中で、僕はちょっとだけグロッキーになっていた。

一瞬で呪いの地に着けるような魔道具があれば良かったんだけどねぇ……今のところ瞬間移動ができるような魔道具はまだ開発されていないのだ。

やり方としては内部の空間を拡張する収納袋と近い感じだとは思うんだけど、魔道具を作るためのコードがいくつか足りていない感じなんだよね。

「乗り心地を気にしてられるような状況じゃなかったから仕方ないことではあるんだけど……これならサスペンションとか作ったりした方が良かったかもね」

「サスペンションってなんですの？」

僕の乗っているのは、他の馬車よりも一回り大きい六頭立ての馬車。

中に結構な人数を収容することができるので、僕にルナ、ラグナにセバス以外にもマーテルや商人のウルザなんかも乗っている。

いつもならアスタ様語と切って捨てられるんだけど、どうやらウルザは僕の言葉が気になったらしい。

「うーんと、簡単に言うと馬車の内部機構にバネを入れて衝撃を緩和する仕組み、かな？」

「バネって、あのバネイノシシなんかにあるバネですか？」

「うん、工作とかで作った方が質が高いのができると思うけどね」

一応この世界にもバネは存在している。ただそこはさすがにファンタジー、なんとバネイノシシという足にバネがくっついているイノシシから取ることができるのだ。

バネはあくまで魔物の素材としか使われておらず、今のところバネ機構を使った道具類はほとんど作製がなされていない。

本当は物作りの方面にも手を伸ばしたかったんだけどね、ガルドブルクにいる間はほとんど魔道具作りで忙殺されちゃってたからさ。

前世知識を頼りにした物作りは、領地が一段落してからやるつもりだ。

「えっと、後は……」

他にも他にもとせがまれたので、必死になって頭から馬車関連の情報をなんとか絞り出す。

一本になっている馬車の車軸を、シャフトと車輪に分けることで耐用年数を上げる方法や、レールを敷設して馬車鉄道を運行させることなんかを話してみると、ウルザの目はキラキラと輝いていた。

知的好奇心、というよりはそこに生じるであろう金銭を想像したちょっと下心が見え隠れした感じの輝きだ。

「いやぁ、アスタ様といるとほんまおもろいわぁ」

どうやら満足したらしく、けふぅーっとため息を吐く。

ちなみにその隣にいるマーテルは既に酔っ払っていて、その状態で馬車に揺られているせいで顔が青白くなり始めていた。

「そういえばウルザはわざわざこっちに来ちゃって良かったの？」

パウロ商会の若頭だったウルザは、今回僕の辺境への旅の同行に手を挙げてくれた。

驚いたことに、パウロ商会から一旦籍を抜いてまでこちらに来てくれたのだ。

まさかそこまで本気だとは思ってなかったので、話を聞いた時は僕も随分とびっくりした。

ウルザが持っているコネを使ってくれたおかげで、出立にあたって物資を集めるのは随分と楽になった。

いろいろしてもらったこともあり、現状彼女は僕の御用商人のような立ち位置にしている。

「ええ、それはもう。アスタ様はうちのお得意様ですし……それにお側にいれば、パウロ商会じゃ手に入らないような商機がいくらでも来ると睨んでますんで」

どうやら彼女は、僕の領地で独立して新たな商会を立ち上げるつもりらしい。

一応パウロ商会的にも確認はしたけど、前世で言うところののれん分けのような感じらしく、問題はないとのこと。

ついてきてくれた彼女に報いるため、彼女のスタートアップは最大限支援するつもりだ。

「まだ見ぬ景色、まだ知らぬ知識。……うち、この年になってからこんなに新しいものに触れられるとは思うとりませんでした。アスタ様は金を生むガチョウです。来るな言われてもどこまでもお供しますよ」

「ははっ、頼もしいよ」

ウルザはどこまでもまっすぐにお金に一直線なので、ある意味ではとてもわかりやすい。

彼女なら本当にどこまでもついてきそうだな……なんて考えながら、話を続けていく。

セバスやラグナはあまりに即物的なので明らかに眉をしかめているが、人材は幅が広いに越したことはない。

彼女の才能はきっと役に立つ。

辺境に行ったら、彼女の物欲センサーに大いに頼らせてもらうつもりだ。


馬車の旅を何日も続ける中で、中の環境も整えていくことにした。

マーテルがバネを作るだけの高温を出すことが難しかったこともあり、僕がありあわせの魔道具でなんとかさせてもらった。

以前作った、荷運びを楽にするために物や身体を浮かせるフロートボードという魔道具。この顕界情報を流用する形で、魔物の革を使った宙に浮くクッションを作製。

おかげで道中お尻が爆発することもなく、景色を楽しみながら向かうことができた。

同行している全員分を作るのに時間がかかってしまったせいで、最後の方にもらった人の中には既に限界ギリギリだった人もいたのは、大変申し訳ないところだ。

「アスタ様、ここから先がアスタ様が拝領致しました北部辺境になります」

途中から御者をしていたセバスの声に思わず窓の外へ視界を向ける。

外には先ほどまでと変わらぬ景色が広がっている。

「うーん、領境《りょうざかい》だし特に変わりはないような気がするけど……」

彼は領内の地形にも詳しいので、まず間違いはないはずだ。

であればここから先が僕の領地ということになる。

視界の先に広がっているのは、人っ子一人いない荒れ地。

どうやら呪いの地に近いからということで、領地からこちらにやって来る人もほとんどいないらしく、人や馬によって踏み固められた道なんてものは存在していない。

かろうじて馬車が通れそうな魔物や野生生物が通っているらしい道を歩いていくしかないようだ。

「……（ごくり）」

近くにいる誰かが唾を飲み込む音が聞こえてきた。

北部辺境――別名呪いの地。

かつて何度も開拓に失敗し、いくつもの曰く付きの土地だ。

呪いの地にやって来たということに現実味が湧いてきたからか、皆の顔色が少し青白くなっている。

平気な顔をしているのは僕と、問題ないと言っている僕の言葉を一切疑わずに信じてくれているラグナの二人だけだ。

「アスタ様、ここから先はいつ魔物が出てきてもおかしくありません」

「了解。ザイガス達と騎士団の皆は馬車を守れるように待機。ラグナは僕を守って」

「「はっ！」」

僕が指示を出すと、皆が反射的に身体を動かし出した。

まだ少し顔色は悪いけれど、身体を動かしているうちに調子も戻ってくるだろう。

今一番大事なのは、僕が毅然《きぜん》としていること。

ガルド家の血を継いでいる僕がここでうろたえてしまっては、皆に不安を与えてしまう。

武官と冒険者達に警戒をしてもらいながら、ペースを落として先へ進んでいく。

うちの武官達は、ラグナを騎士団長にした騎士団という形を取っている。

したがって騎士団員っていった方が正確かな。ちなみにザイガス達は騎士団員ではなく、僕が冒険者として雇っている状態だ。彼らはパーティーで動くことに慣れているため、騎士団として運用するよりこうして遊撃隊として動いてもらった方が力を発揮することができる。

僕は周囲の様子を確認できるよう、馬車の幌の上に乗って全体の指揮を執ることにした。

領主である僕はこの場の最高責任者だ。

僕が皆から見える位置にいるのが、一番やる気に繋がる……はずだ。

当然ながら、こんな風に指揮を執るのは生まれて初めてだ。

上手くやれる自信なんてものはない。

けど……ラグナがセバスが、ここにいる皆が、僕のことを信じてくれている。

であればそれに応えなくっちゃ、いけないよね。

(緊張するけど……大丈夫、事前にしっかり準備はしてきた)

ゆっくりと深呼吸をしながら、ぐっと右手に力を入れる。

そこには僕がつい先日開発に成功した、ある魔道具が握られていた。

その見た目は、手のひら大のたまごっ○に似ている。

ゴテゴテとしている機器の中央には綺麗な水晶板が敷かれており、魔力を流すことである反応を示すようになる。

僕がスイッチを入れると、いくつかの反応が浮かび上がってきた。

「前方に三、右後方から四！」

この魔道具の名は索敵儀《さくてきぎ》——周囲の魔力反応を検出する形で索敵を行うことのできる、僕が再生させた失われた魔道具のうちの一つである。

「キシャアアッッ！」

「ポイズンリザードだ！　毒の牙を喰らわないように注意しろッ！」

「こっちはアシッドスネーク！　飛ばしてくる液には触れないように！」

前方から現れたのは、紫色をしたトカゲ。そして右後方から現れたのは白っぽい体色をした巨大な蛇だ。

初めての魔物の遭遇に、思わずごくりと唾を飲み込む。

鞣されている革の素材なんかは数え切れないほど見たことがあるけど、生きている魔物を見るのはこれが初めてだ。

なんというか、強い生命力とほんの少し邪《よこしま》な気配を感じる。

どうやら緊張しているのは僕だけらしく、辺りに展開していた冒険者と騎士団員達は軽い足取りで魔物の方へ駆けていく。

「――おおおおおっ！」

ズバッ！

現れた魔物達は、彼らの手に握られた剣で一刀両断にされてゆく。

馬車の周囲に、あっという間に七つの死体が転がった。

「いやぁ、さすがアスタ様の魔装具は違いますな！」

「あっしは腕が鈍《なま》っちまいそうで心配ですよ」

Bランク冒険者パーティーの『銀翼のアイリーン』の四人がそう言って笑っている。

彼らが手にしている武器は、僕が作り出した魔装具だ。

この領地に来るにあたっては強い武器があった方がいいだろうということで、僕についてきてくれると言ってくれた四人全員には渡しておくことにしたのだ。

以前ラグナを鍛えてくれたこともあり、リーダーのザイガスさんのことはかなり信用しているしね。

もちろん外に持ち出さないよう、契約書は交わさせてもらったけどね。親しき仲にも礼儀ありというやつである。

「それじゃあラグナ達はあっちに五体いる魔物を倒してきてもらっていい？」

「――はっ！」

どうやら魔物とこちらにはかなりの戦力差があるようで、続いて行われた戦闘でも、ほとんどダメージを負うことなく完封することができた。

魔物相手の戦闘をなんとかしてちょっと勇気が出たおかげで、ラグナに隊を率いてもらって機動防御を行うこともできるようになった。

「索敵儀のおかげでどこで魔物が襲ってくるかがわかっているのもかなり大きいみたいだね」

奇襲を受けることがないのなら、こっちの最大戦力を遊ばせておく必要がない。

ラグナ率いる騎士団チームが先制をすれば、相手にほとんど何もさせないうちに殲滅《せんめつ》させることも容易だった。

ちなみに僕が雇っている騎士団員の数は合わせて二十人ほどいる。

武闘会でスカウトした人達と、彼らからの言伝で一旗揚げようとやって来た者達が半々といった感じだ。

「あちらのゴブリン部隊はハンス達がやれ！　こっちのオーク達は——私が行く！」

最初の頃は自分より一回りも小さいラグナ相手に不服そうな者も多かったけれど、何度かラグナがボコボコにしたおかげで、今では従順に彼の手足となって動いてくれる者達ばかりだ。

ちなみに騎士団が魔剣と魔鎧を装備しているため、その戦闘能力は極めて高い。

ラグナほどではないとはいえ、彼らもここの魔物相手に後れを取ることはなさそうだ。ゴブリン達を圧倒し、優位に戦いを進めている。

ただ単身でオークの群れの方へと駆けていくラグナは、彼らと比べても次元が違う。

「——シッ！」

ラグナの姿がぶれ、残像を残して消える。

そして次の瞬間にはいくつもの斬撃が飛び、生き残っているオークは一体も残っていなかった。

「すごい……ラグナさんってあんなに強かったんですね」

「武闘会の時より、更に強くなってるみたいだね」

幌から降り様子を見守っていると、ルナが随分と驚いた顔をしている。

たしかにラグナはいつも僕の側にいるから、あまり戦うのを直で見る機会はなかった。

いろんな魔装具を使って移動速度を上げているとはいえ、速過ぎて目で追うのが難しい。

気付けば戦闘が終わっているので、なんだか夢でも見ているみたいだった。

「と、とりあえず魔物相手でも問題なく戦えそうで助かったよ」

「ここの魔物相手に戦えるのであれば、開拓も問題なく進められるでしょう」

魔物の匂いに興奮気味の馬を抑えるセバスの言葉にこくりと頷く。

たしかに魔物との戦闘は問題なくこなせそうだ。

「とりあえず拠点にできそうな場所を探してテントを張ろう。今後のことを考えてなるべく魔物を間引きしながら、現地の人達に接触する方針でいくよ！」

「「はいっ！」」

馬車の中には荒事に慣れていない文官達もいるからね。

彼らが不安にならないうちに、パパッと拠点作りをしちゃうことにしよう。


拠点作りのために必要な道具も、もちろん抜かりなく用意することができている。

場所は視界を遮られることがない荒れ地の真ん中にテントを張っていく。

骨組みの部分には中央部分をくりぬいた魔物の骨を使い、軽さと強靭さを両立させている。

シェイプシフタと呼ばれる相手の姿形を真似る魔物の骨を使って魔道具化させてみると、形状記憶の効果をつけることができた。

一度魔力を流すことで、事前に指定した形状に変形・固定させることができるようになるのだ。

おかげでテントは魔力を軽く流すだけで、完成する。

「いやぁ、このテントは素晴らしいですな！　夜営が面倒な高ランク冒険者に売りつければ、とんでもない値段で売れますよ！」

「贅沢に慣れちまったおいら達は、もう元の冒険者稼業には戻れないかもしれないっすねぇ……」

『銀翼のアイリーン』のメンバーであるタンクのガスさんと斥候のリブさんがしみじみと口にしている中、至るところからテントが組み上がるカチリという音が聞こえてくる。

たしかに前世のキャンプ道具でも、もう少し手間がかかっているような気がする。

『これが本当のゆ○キャン……？』と錯乱しかけていると、魔法使いであるミラさんが集めた薪で焚いた火を使って干し肉を炙《あぶ》ろうとしているのが見えた。

「あ、料理も全部こちらで用意してあるんで大丈夫ですよ」

「あら、それは助かるわ。でも火が見当たらないようだけど……？」

「火がなくても加熱できるようにしてあるんです」

そう言って僕が指さす先には、巨大な石板が敷かれている。

その上に収納袋から取り出した寸胴を乗せ、その中に事前に購入しておいたスープストックと、先ほど軽く炙っておいた魔物素材を入れていく。

素材の投入が終わったら、石板に魔力を込める。

するとあっという間に加熱が始まり、ぐつぐつと湯気が出てき始めた。

もう少しとろみが欲しかったので軽く片栗粉を使ってかき混ぜていけば、あっという間にシチューの完成だ。

「え、なんで湯気が……」

「これは僕が開発した、火を使わずに加熱ができるようになる魔道具ですから」

「なんで火を使わないのに加熱ができるの⁉」

この加熱の魔道具は、原理としてはＩＨや電子レンジを参考にしている。

魔力によって起こしたマイクロウェーブを使い、分子を高速で震動させて物を温めることができるのだ。

ちなみにこれを応用して、高い切断力を誇る高震動周波ブレードを作ることにも成功している。

巨大な鉄をバターみたいに裂ける攻撃力があるけれど、使う際にかなりの魔力を使用するため、現状は父さんとカルロス兄さん、ラグナの三人しか持っていない。

「ミラ、アスタ様のやってることにいちいち驚いてたらキリがないぜ」

信じられないと騒ぎ出すミラさんを見て、ザイガスがうんうんと頷いていた。

俺にもこんな時期があったなぁという、どこか懐かしいものを見る顔つきをしている。

「リーダーから聞いてはいたけど、まさかこんなに規格外だとは……というかアスタ様、一体どこからスープを取り出したんですか？」

「ああ、この食材用の収納袋ですね」

「収納袋⁉」

「時の流れが止まるようになっているので、食材なら半永久的に保存できますよ」

「時の流れが止まる⁉」

完全にフリーズしてしまったミラさんを放置しながらシチュー鍋をかき回していると、流れるような動作で手に持っているお玉をルナに取られる。

「アスタ様、料理は私がやるって言ってるじゃないですか！」

「アスタ様にはもっと領主としての自覚をですね」

いつの間にかやって来ていたセバスの説教が始まりそうになったので、急いでその場を後にする。

ただ他にすることもなかったので、陣営の中心にある魔道具の動作確認をすることにした。

「うん、問題なく動いてるね」

中央に置かれているのは、バスケットボールほどのサイズのある巨大な水晶球だ。

ただこれは本物の水晶ではなく、クリスタルドラゴンという魔物の眼球を使っている。

見ただけで相手を結晶化させてしまう水晶眼という魔眼を持つ、Aランクの強力な魔物だ。

そんな魔物の魔眼をまるっと一つ使って作ったこの魔道具は、その名を業の瞳という。

その魔法効果は、魔物避け。

シンプルながらもBランク以下の魔物の侵入を防ぐことができるようになっており、ほとんど全ての魔物を寄せ付けない効果を持っている。

魔物被害に悩んでいる王国で長いこと嘱望《しょくぼう》されてきた魔道具であり、僕が復活させた伝説の魔道具の一つだ。

本当ならいくつか作りたかったんだけど、クリスタルドラゴンの眼球なんていう激レア素材がほとんど世に出回らないため、この一つしか作れていない正真正銘の一点ものだ。

「ただ作り過ぎても問題があるみたいだから、これで良かったのかもしれないね」

「そんなことが言えるのは王国広しといえど、アスタ様だけだと思います……一体何が問題なんですか？」

「簡単な話だよ。魔物という脅威がなくなったら人と人とで争うし、魔物と戦うノウハウがなくなった状態でAランクの魔物達と戦うことになったらヤバいでしょ？」

「それは……たしかにマズいですね」

ラグナが自分の剣の柄に触れながら、じっと業の瞳を見つめる。

この魔物避け、今よりはるか以前の古代文明ではわりとポピュラーな魔道具だったようだけど、あまり大量に作るべきではないと個人的に思っている。

というのも、僕が調べてみた感じ、どうやら古代文明の滅亡した原因そのものがどうやらこの魔道具にあるっぽいのだ。

昔の人達はこの魔道具を大量に生産し、魔物に襲われない環境を作り上げることに成功していた。

けれどこの魔道具を使って人間の活動範囲を増やすということは、そのまま それだけ魔物の生息範囲を狭めてしまうということにもなる。

結果として魔物達は狭い範囲で争いを繰り返し、進化し凶悪な個体が出現していった。

そしてそれらの強力な魔物達が魔道具を超えて侵入できるようになった頃には、平和ボケして魔物達に抵抗する方法を忘れていた人達が蹂躙《じゅうりん》されてしまい、文明が滅んでしまったらしい。

「はへ～……そんな歴史があったんですね」

「ただ有用なのは間違いないから、今後も素材が手に入ったら作っちゃう気はするけどね」

いくつか作るだけなら問題はないだろうし、魔物被害を抑えられるっていうのは非常に大きい。作り過ぎて人が戦い方を忘れなければいいんだから、僕がそのあたりをセーブしておけば大丈夫だろう。

今のところ日本語での情報書き換えができる僕以外に、伝説級の魔道具を作れる人はいないしね。

「できましたよ〜！」

遠くから聞こえてくるルナの、のほほんとした声。

彼女を始めとした戦闘能力のない人達が魔物のいる領域で安穏《あんのん》とできるのは、この業の瞳のおかげだ。

道具というのはきっと、使い方次第なんだと思う。

包丁は食材を切り分ける刃物だけど、人を傷つける武器にもなる。

魔道具というものと向き合って早三年が経つけれど、僕は道具それ自体に善悪や罪はないと思っている。

魔道具があれば生活は便利になるし、手間や被害を減らすことだってできる。

道具を悪用したり間違った使い方をしてしまうのは、人間だ。

きっと今後も魔道具に頼ることは多いとは思う。

けれどそれでも、間違った使い方をすることだけは、避けられたらなと思う。

「行こうか、ラグナ」

「はっ！」

そんなことを思いながら、僕は既におかわりを頼んでいる騎士団員達に笑いながら、夜ご飯に舌鼓を打つのだった——。

夜営は冒険者と騎士団員の皆で交代制でやってもらうことにした。

魔道具のおかげもあり特に襲撃があるようなこともなく、問題なく朝を迎えることができる。

業の瞳は大量に魔石を使っても一日に使えるのはいいところ一時間が限度なので、行動中はなるべく使わずに索敵儀を使って魔物を狩りながらその素材や魔石を集めつつ、進んでいくことになった。

北部辺境は交通の便がかなり悪いため、今後魔物の素材は確実に入手しづらくなる。

現地で取れる魔物素材からどんな魔道具が作ることができるかを知るためにも、休憩時間に軽く魔道具を作ってみることにした。

「こんなもんでどうだ？」

「よし、やってみましょう」

マーテルが作ってくれたのは、度々遭遇することになったアシッドスネークの革を使ったポシェットだ。

色は茶色で、少し光沢がある。三匹の蛇皮を使って六つほど作ることができるらしい。

さすがに鍛冶をする環境はないため、とりあえずスライムの体液を使うことで軽く鞣しただけの簡単な道具だ。何が作れるかを知るためにはこれくらいでも十分。

付与魔法を発動させ、顕界情報に目を凝らす。

「酸耐性、強靱、重量軽減……重量軽減はかなり使えそうだね」

耐性に関してはここにいる全員に耐性装備を配っているので、あえてつける必要はないだろう。

強靭と重量軽減をポシェットにつけさせてもらおう。

両方の効果をそれぞれに乗せるのではなく、片方に一つの効果の乗ったものを二つ作る。

経験則だけど、複数の効果を持つ魔道具は余裕があるならこうやって一つの効果に特化させた方が結果的に重宝することが多いからね。

強靭を付与したポシェットに使われている革の茶色の深みが増していく。

そして重量軽減を付与したポシェットの方は色が明るくなり、ポシェットの側面に青い一本の線が入った。

「わっ、ちょっとおしゃれですね！」

「こっちの方が色が渋くて私は好きですな」

付与魔法は顕界情報を弄って効果を付与するものだけど、つける効果によってこんな風に見た目に差が出ることがある。

どうやらセバスは強靭のついた方が、ルナは重量軽減がついた方が気に入ったようだ。

「はい、じゃあこっちはセバスに。それでこっちはルナにプレゼント」

「えっ、いいんですか!?」

「うん。代わりと言っちゃなんだけど、後で使い心地を教えてくれると嬉しい」

「もちろんですよ……わっ、何これ、とっても軽いですっ！」

どうやら重量軽減の効果のおかげで、ポシェット自体が羽根のように軽くなっているようだ。中身にもある程度の効果があるようで、手持ちの道具を入れてみてもほとんど重さが変わらないらしい。

こういう場合だと軽くなる重量に制限があるパターンが多いけれど、ポシェットサイズの入れ物に重量軽減をつけられるなら、貴重品やお金の運搬なんかの際には非常にありがたい。

金貨や銀貨って、量を持ってると結構かさばるからね。

「こちらも靭性《じんせい》がかなり高いようです。通常のバッグ類と比べても、かなり耐用年数が長くなるでしょうな。革製品は使っていくほどに光沢を増していきますので、こちらも一部の好事家《こうずか》から愛用されるようになるかと」

ルナが自分のポシェットだとるんるんしている横では、セバスがめちゃくちゃ冷静に商品分析をしてくれていた。

たしかに、前世でも本革の製品って一部の人がすごい好きだったイメージがある。

使い方によっても質感が変わっていくから、ジーンズなんかと一緒で人によって随分と感じが変わるとかなんとか。

今回はどちらも魔道具にすれば間違いなくかなりの値段で捌くことができそうだ。

特に重量軽減の方なんか、今食事の準備をしているウルザなんかが知れば目の色を変えて欲

しがるだろう。

今回は二つも当たりが出るなんて、かなりついている。

アシッドスネークの素材はまだ余ってるし、財布やバッグなんかも作ってみようか。

基本的に同じ素材を使えばある程度付与できる効果は似てくるものなので、強靱か重量軽減のどちらかはつけられるはずだし。

とりあえず他の素材も一通り試してみようか……そんな風に考えていた時のことだった。

「うわあああっっ⁉」

「な、なんだあっ⁉」

突如としてあちこちから悲鳴が上がる。

素敵儀に反応はないことから、別に魔物がやって来たわけではないことがわかる。

顔を上げると僕以外の皆が顔色を悪くしていた。

少し離れたところにいる騎士団員達の中には、うつ伏せになりながらガタガタと震えている人達もいる。

「ア、アスタ様！　やっぱり戻りましょう！　呪われてしまう前に！」

「大丈夫だよ。これは呪いでもなんでもないよ」

「な、なんでそんなに平然としていられるんですかっ⁉」

「いや、だってこれ――ただの地震だもん」

北部辺境が呪いの地と呼ばれ人々が避けるようになった、最も大きな理由。

そして僕が別にこの地の呪いを大したことがないと断じた理由。

それがこうして起こっている地揺れ――地震だ。

どうやら北部辺境では、高頻度で地震が起こるらしい。

報告書ではかつては石材を切り出して建てた家が倒壊し、中に住んでいた人が押しつぶされてしまうような事件も起こったということだ。

この世界では宗教が力を持っており、神様を信じている信心深い人間も多い。

そんな彼らからすると、高頻度で地震が起こるこの場所は神様から見放された呪いの地に見えているというわけだ。

けれど前世での知識がある僕は、地震が神の怒りでもなんでもなくただの自然現象であることを知っている。

多分だけど、この場所は前世の日本のように、大陸のプレート同士がぶつかり合っている境目辺りに位置しているんだろう。

「地震は台風や雷みたいな自然現象の一つだよ。別にこの場所が見放されているわけでもなんでもないんだって」

「アスタ様が前言ってたプレートてとてとってやつでしたっけ？」

「てとてとじゃないよ、プレートテクトニクスね」

ここに来る人達には事前にプレート理論や地震が発生する原理をなるべく噛み砕いて教えたんだけど、残念ながら基本的な理科の知識がないためか、ほとんど理解できる人間はいなかった。

抜群の理解力を誇るセバスはわかってくれたけど、頭では理解していたはずの彼も地震が来ると片膝をついて顔を青くしている。

皆にとって地震がそれだけ恐ろしいものに映っている、ということだ。

ほとんど地震が起こることがない地域の人達は、地震が来ると異様に恐れるという話を聞いたことがある。多分それと似たような感じだろう。

平然とした顔をしているのは、アスタ様が平気と言うなら信じますと直立不動を維持しているラグナだけだ。

「ほら皆、しゃんとして！　ただ落ち着くまでに時間は必要か……よし、それならとりあえずおやつにしよっか」

「ア、アスタ様、マジで呪いを見ても平然としてるぞ……」

「俺達は今にも地面が割れて中に飲み込まれるんじゃないかって足が震えてるってのに……」

「「「アスタ様、すご過ぎる……」」」

なぜか騎士団員達の僕を見る目がキラキラと輝き出す。

ウルザやマーテル達も信じられないようなものを見る目でこちらを見ていて、なんだか少し居心地が悪い。

地震大国である日本の記憶がある僕からすると震度二にもならないような地震なんか、あってないようなものなんだけどな……。

こうして僕はただ地震に動じないだけで、なぜか皆から尊敬の眼差しを向けられ、畏敬の念が爆上がりするのだった――。


次の日、なぜか以前より忠誠心が上がった配下の皆と一緒に再び荒野を歩いていく。

魔物の戦闘にある程度慣れて余裕が出てきたこともあり、地質を調査してみることにした。

魔装具のスコップを使って土を掘り起こしてみると、上の方は乾燥して風化しているけれど、掘り進めていくとすぐに黒い土が出てき始めた。

「やっぱり、思ってたよりかなり地味《ちみ》が良さそうだね……これなら魔物被害さえなんとかできれば、すぐに農地を展開できるかも。スーラ、お願いしていいかな？」

「了解しました……っ⁉　これ、めちゃくちゃ土の質が良いですよ！」

農家の天職を持つ文官のスーラに土を舐めてもらい、土の様子を改めて確認してもらう。

ｐｈ測定機なんて便利なものがないこの世界では、土の地味の確認はこんな感じでアナログで判断することが多い。

けれど人間の蓄積してきた経験というのは案外馬鹿にならない。

スーラは元豪農の三男坊であり、彼の土への見識は本物だ。

彼に確認してもらったところ、農地としては最上に近いような土だということが判明した。

基本的な場合、土の黒みは、土に豊富な栄養が含まれていることを示している。

前世ではプレーリー土なんかとも呼ばれていた、チェルノーゼム地帯なんかに似た地質をしているようだ。

どうやらわずかに酸性を含んでいるらしいけれど、それも石灰を軽く混ぜて上手いこと中性にしてやれば問題はない。

定期的に堆肥を使っていけば、農業をするのには問題はなさそうだ。

(これで第一の条件はクリア。水は魔道具を使えばなんとかできるから農業をしていくために必要なものはあと二つ)

一つ目は、現地人の働き手を確保すること。

今回僕が連れてきた人員は魔物を討伐するための武官と、農業や土木作業の監督や、必要な備品の差配や経理作業なんかを行える文官達だけ。

領民である獣人の皆に受け入れてもらえない限り、そもそも税が納められるようなレベルの収穫量を出すことは難しい。

そして二つ目は、農業ができる環境を整備すること。

まだやって来て三日目だけれど、この呪いの地に出没する魔物の数はそこそこ多い。

魔物をなんとかしながら農地を作るためには、安心して農業ができる広い土地を確保しなくちゃいけないんだけど、ただ木の柵を用意したりするだけでは対応は難しそうだ。

業の瞳は一日中使い続けることができるタイプの魔道具ではないため、魔物を問題なく追い払うことができるような何かが必要だ。

一応いくつか素案は用意してきているけれど……こればっかりは現地人と接触してみてからじゃないとわからないからね。

ということで今後のためにも、なるべく早くコンタクトを取りたいのである。

「よし、地質調査も問題なさそうだし、ちょっとペースを上げよっか！」

僕らは再び前進を始め……更に進むこと二日。

自領に入ってから五日目に、ようやく領民と邂逅《かいこう》することができたのだった——。


「ん、これは、もしかして……？」

違和感を覚えたのは、索敵儀の反応がいつもと違っていたからだった。

通常魔物達に知性と呼べるようなものは存在していない。

狩りのために息を潜める個体すら珍しく、基本的には自分の獲物を見つけた瞬間に、一も二もなく飛びかかってくる個体がほとんどだ。

けれど僕の索敵儀に現れた反応は、通常の魔物のそれとは明らかに一線を画していた。

その反応は明らかに、僕達の後をついてきていたのだ。

そして他の魔物と戦い隙ができたタイミングになっても動くことなく、じっとこちらの様子を窺っている。

「なるべく友好的に思われるように、まずは僕とラグナの二人で行く」

「そんな、危険ですッ！」

「ファーストコンタクトは大切だから、これぱっかりは人任せにはできないよ。仮にも僕は領主だしね」

ルナ達を説得し、ゆっくりと索敵儀の反応の方へと歩いていく。

一応僕もいざという時の備えはしてあるので、魔道具を使ってすぐに皆のところに戻れるような準備だけはしておいてある。

まあ、いつでも剣を抜けるように柄に手をかけているラグナがいるからそんな心配はいらないだろうけど。

ゆっくりと、こちらに敵対の意志がないことを示すために両腕を上に上げながら近づいていく。

どうやら茂みの中に身を隠しているようで、近づいてもその姿は見えてこない。

距離が近づいていくと、その茂みがそれほど大きくないことに気付く。

大人が入るほどのスペースが捻出できるようには思えない。

（ってことはもしかして……）

収納袋に手を入れ、あるものを探していると……ガサッと音が鳴る。

茂みをかき分けてゆっくりと出てきた子を見て、僕は自分の予想が正しかったことを知った。

そこから現れたのは――未だ五歳にも満たないような、小さな女の子だったのだ。

「う……」

僕の胸の辺りまでしかない小さな背丈に、くりくりっとした瞳。

何より特徴的なのは、側頭部にぴょこんと生えている犬耳だ。

ぴんっと立っている耳はまるで生き物のようにふるふると震えていて、右耳に赤色のリボンがついている。

「こんにちは、言葉は通じるかな？」

「……」

警戒しているようで、女の子はその場を動かない。けれどどうやらかなり緊張しているらしく、その耳はさっきまでよりも小刻みにぷるぷると震えていた。

あまり近づき過ぎても警戒させてしまうかもしれないので、少し離れたところからもう一度声をかける。すると今度はこくっと首を縦に振ってくれた。

どうやら言葉は問題なく理解できているようだ。

彼らに大陸共通語が通じるかはわかってなかったからね、話ができるようでまずは一安心である。

「これ、良かったら食べる?」

彼女の警戒を解くために、僕は先ほど収納袋から取り出したものを見えるように掲げる。

僕が手に持っているのは、半透明な黄褐色をした、親指ほどの大きさの固形物。

前世知識を使って作った、べっこう飴だ。

砂糖を煮詰めてから固めるだけのシンプルなものだけど、この世界ではまだ開発はされていなかった。

その透き通った色合いに好奇心を刺激されたらしく、女の子はちょっとずつあっちから近寄ってくる。一歩一歩が小さいので時間がかかったが、相手の吐息が聞こえるくらいの距離に近づいたところで、ゆっくりと飴を投げる。

見事にキャッチしたそれを、彼女はゆっくりと掲げて観察し始める。

僕がもう一つ飴を取り出して、今度はそのまま口に含んでみる。

すると彼女は目の前で火花が弾けたように驚き、こちらの真似をして口の中に入れた。

「~~~~っっ!?」

強烈な甘みにビクッと飛び上がったかと思うと、恐る恐る舐め始める。

そして一気に頬をほころばせると、プライスレスな笑顔を見せてくれた。

「どう、おいしい?」

「うんっ！　とってもあまくておいしい！　ありがと、おにいさんっ！」

どうやら警戒を解いてくれた様子で、飴を口の中でころころと転がしながら、上機嫌に鼻歌を歌い始める。

まさかファーストコンタクトが女の子とは思ってなかったけど、上手くいって何よりだ。

わかりやすくパンチのあるものがあった方がいいと思いべっこう飴を作った以前の僕を褒めてあげたい。

「僕はアスタ、君の名前は？」

「ミリア！」

「ミリアちゃんか、良い名前だね」

「でしょお～っ？」

気付けば距離が随分と近づいていたので、ニコニコと笑っている彼女の頭を軽く撫でる。

耳を触るのはタブー的な慣習があるかもしれないから、とりあえず頭の方だけをなでなでするに留めておいた。

「えへへ～っ」

とろけるような甘い笑みを浮かべるミリアちゃんに、思わずこっちも笑顔になってしまう。

コミュニケーションで大切なのは、まずは相手の話を聞くこと。

上機嫌に話をしてくれるミリアちゃんの言葉にじっくりと耳を傾《かたむ》けることにした。

子供目線なので噛み砕く必要はあるけれど、何より重要な情報だから、漏らさずに聞いていくぞ。

「うーんとね、ミリアはね……」

どうやらミリアちゃんは、この近くにある獣人達の集落の子供らしい。

この辺りは比較的魔物が弱いらしく、周囲に罠を張り巡らせたりすればなんとか生活することができるんだとか。

そこにいるのは全員が獣人で、ミリアちゃんが生まれた時からこの場所に住んでいるらしい。

集落に住んでいる人達の数はそこまで多くはなさそうだ。

数十人前後くらいだろうか。

一応軽く農業みたいなこともしているらしいけれど、基本的には周辺の木々から採集した木の実や狩った魔物を食べたり狩猟・採集の生活をしているようだ。

農地の管理にはある程度専門的なノウハウがいるし、ここでは魔物による食害も多いというのもありそうだ。

「こんなにおいしいの食べたの、初めて！」

話を聞いている限り、少なくともミリアちゃんのいる集落で暮らしてる獣人達は、そこまで満ち足りた生活を送れているわけではなさそうだ。

ミリアちゃんが着ている麻の布はかなりほつれや小さな穴が目立っているし、話を聞いた感じ、お腹いっぱいになるまでご飯を食べることができる機会もほとんどないらしい。

「僕はここの領主なんだ」

「りょーしゅ？」

「簡単に言うとね、僕はここにいる皆にお腹いっぱいになってもらうためにここに来たんだ」

「アスタさんの言うこと聞けば、おなかいっぱいごはんを食べられるの？」

「絶対にそうなるって約束はできないけど……そうなるように皆と頑張っていきたいって気持ちに、嘘はないよ」

「……わかった！」

ミリアちゃんがこくんと頷く。

その様子がかわいかったのでもう一つべっこう飴をプレゼントした。

すると彼女は飴を服のポケットの中にいそいそとしまいこむ。

「これとってもおいしいから、おにいちゃんにあげるの！」

後で食べるのかと思ったら、どうやら兄にお裾分けするつもりらしい。

え、ええ子や……思わずエセ関西弁が飛び出してしまうくらいにいい子だ。

皆と合流してから、ミリアちゃんの案内を受け荒れ地の脇にあった雑木林へと入っていく。

ここをまっすぐ行くと、奥に彼女達が暮らしている集落があるということだった。

ミリアちゃんは騎士団員やザイガスさん達を見ても物怖じせずに、堂々とあいさつをしていた。僕と同じくそのかわいらしさに陥落した強面なおじさん達からプレゼントをもらい、彼女は干し肉やらパンやらをもぐもぐと食べながら進んでいく。

「本当にお腹いっぱいになったよ！」

「そ、そうだね」

僕が想定していたのとはちょっと意味合いが違うけど、本人が楽しそうなので水を差すのはやめておこう。

しかしミリアちゃんは人の懐に入るのが上手だなぁ。

多分天然なんだろうけど……ひょっとすると彼女、将来大物になるかもしれない。

彼女のコミュ力お化けっぷりに感心しながら進んでいくと、索敵儀に新たな反応が。

まっすぐ一直線に向かってくるその反応は、すぐに視界に見える範囲に現れた。

「ミリアッ！」

「あ、おにいちゃん！」

ってことはあの子が、ミリアちゃんのお兄ちゃんのシェポマ君か。

年は僕やラグナとそんなに変わらないくらいだろうか。

負けん気の強そうな顔立ちをしている。

「何考えてるんだよお前、人間なんて連れてきて！」

「でもアスタさん達は悪い人じゃないもん！」

「俺達が人間に何をされたのか、爺さん達から散々聞かされてきただろ⁉」

「でも……でもアスタさん言ったもん！　みんなのこと、お腹いっぱいにしてくれるって言ったんだもん！」

くるりとミリアちゃんがこちらを振り返る。

僕は何も言わず、こくりと頷いた。

魔道具を作って立てた売上を使えばこの集落の人達を食わせていくことができるくらいの食料ならどうとでもなる。

「そんなやつの言葉なんか信じるんじゃねぇよ、このバカ！」

「バカって言った方がバカなんだよ！」

「うっせえ、バ……アホーッ！」

いきなり口げんかを始めてしまった、ミリアちゃんとシェポマ君。

二人の言い争いがヒートアップしていく。

けれど終始ミリアちゃんが圧倒し、最終的にはシェポマ君が言い負けた。

「ちっ……人間なんか信じるんじゃねぇよ、ミリアのバカーッ！」

シェポマ君はそう言い捨てると、集落の方へ走り去ってしまった。

……ものすごいスピードだ。獣人の身体能力が高いことを、まさか口げんかに言い負かされて逃げる男の子を見て知ることになるとは……。

「ごめんなさいアスタさん、おにいちゃんがあんなんで」

「……ぷっ、大丈夫だよ。人間達にされてきたことを思えば、ああなるのも当然だと思うもの」

あんなんと言っているミリアちゃんが妙に大人ぶっていて、思わず笑ってしまった。

けれど去っていくシェポマ君を見ていると、自然とキリリと気が引き締まった。

ミリアちゃんとの話が上手くいったのでついつい勘違いしそうになってしまっていたけれど、多分あれが獣人としての普通の反応なんだと思う。

僕らに順応して案内をしているミリアちゃんが変わっているだけなんだろう。

人間と獣人の間に広がる溝は大きい。

でもそれをなんとかできなければ、僕らの領地の発展はない。

「よし、気合い入れていこう！」

「その意気です、アスタ様！」

よいしょをしてくれるルナと話をしながら数十分ほど歩いていくと、獣人達の暮らす集落が見えてきた。

こちら側に敵意がないことを示すために、疲れた様子のミリアちゃんを肩車して更に前へと進んでいく。

シェポマ君が話をしていたからか、集落の入り口付近には既に獣人達が集まっていた。武器を手に持っている人達とそうでない女の人達もいる。数は合わせて十人もいないくらいだ。

「あ、おかあさーんっ！」

どうやら女性陣の中には、ミリアちゃんのお母さんの姿もあるようだ。

まだ結構距離が離れているので僕は全然見えないんだけど、ミリアちゃんは元気にぶんぶんと手を振っている。

ミリアちゃん達のように犬耳をした人もいれば、猫耳や狸《たぬき》耳の人達もいる。

どうやらいろいろな種類の獣人達が寄り合って暮らしているようだ。

「ミリアッ！」

「アスタ様、後ろに」

近寄ってくるミリアちゃんのお母さんらしき獣人と、彼女を守るようにこちらにやって来る三人の男達。

彼らから感じ取れる剣呑な空気感に、ラグナは有無を言わさず僕の前に出た。

「ミリアッ！　こっちに来なさいっ！」

「人間、ミリアを早く離せっ！」

僕はそっとミリアちゃんを地面に下ろす。

そして戦うつもりがないことを示すために、再び両腕を上げた。

「この集落の代表者を呼んでもらえませんか？　可能であれば話し合いの席を設けたいんですが」

「族長が人間相手に話をするわけがないだろう！」

「ちょっと待ってて、私呼んでくるからっ！」

肩車をされている間に体力が回復したのか、ミリアちゃんはとててっと集落の方へと向かっていく。

彼女はお母さんと抱き合って二、三やりとりをしてから、そのまま一緒になって集落の方へと向かっていった。

今のところ信じられるのは彼女だけなので、黙って待たせてもらうことにする。

目の前にいる獣人の男性陣はぐるるっとうなり声を上げていて、話ができるような様子ではなかった。

ラグナ達が目を光らせていなければ、今にもこちらに飛びかかってきそうな勢いだ。

「ミリアちゃん一人で行って、大丈夫ですかね……？」

「僕らが勝手に中に入るわけにもいかないしね。きっと大丈夫だよ」

不安そうな顔をしているルナを励まして頭を撫でると、それを見た獣人達の顔色が少し変わった気がした。

僕らに敵意とかがまったくないってことを少しはわかってもらえただろうか？

当初と比べるとわずかに雰囲気はやわらかくなったけれど、居心地はまだ悪い。

説得には時間がかかるだろうということでとりあえず椅子に座ることにした。

収納袋からマーテルに頼んで作ってもらった折りたたみ椅子に腰掛け、テーブルを出す。

それを見た獣人達がぎょっとするのが、こちらから見てもすぐにわかった。

当初は収納袋の口の大きさの問題から小さい物しか入れることができなかったんだけど、それも収納袋の機能を拡張する形で修正することに成功している。

それゆえワインの入った樽や小麦のみっちり詰まった麻袋なんかも、中に大量に入っていたりする。

紅茶のセットを出すと、ルナが慣れ親しんだ動きでポットに魔力を注ぐ。

僕は紅茶を一日に何回も飲む。

けれどポットの水を沸かすために毎回ＩＨ型魔道具を取り出して使うのは少々手間だ。

ゆえにポットに加熱と湧水の効果が付与されており、魔力を込めるだけで沸騰したお湯が出るようになっている。

（とりあえず戦う気はなくなったみたいだね）

僕が紅茶を飲み出すと、見ていて馬鹿らしくなったからか彼らも手に持っている武器を下げた。ちなみに彼らが持っている武器は、僕らが使う直剣と違い反りの大きいマチェーテだった。使いづらい気がするけど、勢いをつけて攻撃をすることに重点を置いているからあんな形なんだろうか？

「もし良ければ、一緒にどうですか？」

「……なあおい、どうする？」

「馬鹿者！　誘惑されてどうする！」

どうやらお調子者らしい虎の獣人が、パカッと思い切り頭を叩かれる。

空気が大分緩んでくれた。これなら交渉が決裂しても、即バトルに発展するようなこともないだろう。

ほっとしていると、ミリアちゃんが一人の男の人を引き連れてこちらにやって来た。

こちらに向けてピースサインをしてきたので、僕はスリーピースで返してみる。

すると首を傾げられてしまった。どうやらこっちにはスリーピースの文化はないようだ。

「どうも、私この集落で族長をしているグラムと申します」

ミリアちゃんが連れてきたのは、四十代前半くらいに見える男性だった。

族長というくらいなので筋骨隆々な益荒男《ますらお》を想像していたけれど、むしろ細身でひょろっとしているインテリタイプなように見える。

「して、なんでも話がしたいということですが」

「はい……これを見てもらった方が早いかもしれません」

僕は事前に用意していた、父さん直筆の領地拝命の証明書を差し出す。

族長のグラムさんは文字が読めるらしく、僕が掲げているそれをふむふむと言いながら目を通していった。

「僕はこの北部辺境の領主として赴任してきたアスタと言います」

「なるほど……新しい領主様ですか」

白髪の交じった前髪で隠れている目が、こちらを見てキラリと光った気がした。

「我らに何をお求めで？」

「三食お腹いっぱい食べられる環境で、幸せになってもらうこと……ですかね」

僕としては問答をするつもりはないので思っていることを正直に口にしてみる。

すると……。

「……」

なぜかグラムさんにきょとんとした顔をされてしまった。

あれ、僕何か変なことを言ったかな？

「アスタ様、こういう時って普通、税とか賦役《ふえき》とかを求めるものだと思いますよ」

ルナに補足されてはっとする。なるほど、そういうものか。

ミリアちゃんに教えられた彼らの置かれた環境があまりに大変そうだったから、つい助けてあげたいという本心が全面に押し出てしまった。

「何一つ嘘は言ってないんだけどなぁ」

「それならそのために何をやってもらいたいかとかを伝えるべきなのでは？」

その一連のやりとりを見ていたグラムさんがプッと噴き出す。

「くっ……ふふっ、すみません、つい……」

グラムさんが笑い出したことで、とうとうあちらにいる獣人の男性陣も完全に毒気が抜かれた。

話を切り出すには、今がベストなタイミングだろう。

「えっと……僕はグラムさん達に農業をやってもらいたいと思っています。そのために必要な物は、既にこちらで一通り用意させてもらいました」

「農業は我らも当然やろうとしました。ですがそもそも魔物による食害が多いため、まともに育ちきる前に食べられてしまうのですよ」

「それもなんとかしてみるつもりです。事前に用意はしてきましたので」

「用意……？　アスタさん、あなたは一体……何者なのですか？」

「さっきも言ったじゃないですか。僕はここの領主ですよ」

今日は一日中歩き通しだったたし、獣人達だっていきなり何かをしろと命令されても受け付けない人だって多いだろう。

いやらしい話にはなるが、まずは僕を領主として認めてくれたら発生するメリットをしっかりと理解してもらわなくちゃいけない。

まずは彼らと友好を深めていく方向でいこう。

「もし良ければ親睦会をしませんか？　そこまで上等なものじゃないらしいですが、ワインなんかも用意してますし、食材もこっちの持ち出しで大丈夫です」

「それは……我々としては願ってもないことですが……」

「ミリアちゃん。約束通り、まずは皆にお腹いっぱいご飯を食べてもらうからね」

「──うんっ！　ありがと、アスタ様っ！」

ミリアちゃんのひまわりみたいな笑顔に釣られて笑いながら、ルナとセバス達に準備を始めてもらうことにした。

いきなり集落の中に入って拒否反応を示されても嫌なので、少し距離はあるけど入り口近くのここでやることにしよう。

ああ、どれだけ飲み食いしてもらっても大丈夫ですよ。

何せ僕達は……信じられないくらいの量の食材を、持ってきてますから。


というわけで早速親睦会を開くことになった。

獣人の皆は肉が大好きらしいので、バーベキュースタイルでやることにした。

今後のことを考えて、放出する食材は道中で大量に狩ってきた魔物達の素材を使うことにする。

蛇肉やイノシシ肉、あとはオーク肉なんかだね。

基本的に魔物の肉は上質な物が多い。なんでも体内にある魔力が肉を上質なものに変えちゃうらしい。

「今回は僕が焼くからね」

「……仕方ありませんな」

親睦会の一番の目的は獣人の皆と仲良くなること。

したがってため息を吐いているセバスには悪いけど、獣人の皆に提供する分の肉は僕が焼いていくことにした。

手ずから食事を渡された相手を憎むのは難しいからね。

僕はこれでもなかなかの策士なのさ、ふふふ……。

「……もらってもいいか？」

先ほどミリアちゃんのお母さんと一緒にやって来た戦士然とした男性が聞いてきた。えっと彼はたしか……バンビさんだったっけ。集落のリーダーをしている男性だ。

「ええもちろん、蛇肉とオーク肉どっちがいいですか？」

「それじゃあ……オーク肉で」

じっくりと中まで火を通した肉串を、バンビさんが持参した木皿の上に乗せる。

渡す瞬間にありがとうと小さな声で呟いたのを、聞き逃すことはなかった。

「おかわりもありますから、遠慮せず食べてくださいね！」

「あ、ああ！　わかった！」

脱兎のごとく去っていく彼の背中にそう声をかけると、元気の良い返事が返ってくる。

「……少しは認めてもらえたってことで、いいのかな？」

「いいんじゃないですかね。だって……アスタ様、あれ」

僕の隣で騎士団員達の分の肉を焼いているルナが指さした方向を見れば、バンビさんに続くようにやって来る獣人の男性陣の姿が見えた。

肉を頬張っているバンビさんに案内されながら、おっかなびっくりといった様子に見える。

また彼らの後ろの方には、こちらを窺うようにやって来ている女性と子供達の姿もあった。どうやら男性陣の奥さんと子供達のようだ。

「一気に忙しくなりそうだね……っ！」

あれだけの人数となると、じっくり弱火ではなくサッと強火で焼いていかなければ間に合わないだろう。

僕はゆっくり息を吸ってから、魔道具に魔力を込め火力を上げ、肉串製造マシーンと化すのだった――。

「ふぅ……これでようやく一息つけるかな……」

あれから調理場は完全に戦場と化した。

まずは男性陣に肉を振る舞い、本当に肉を受け取れるとわかったことでその奥さん達と子供達のために肉を焼き、続いて奥様方の口コミで続々と集落の中からやって来ることになった人達のために肉を焼き……僕は無心で肉を焼き続けた。

そのせいで串を掴んでいた親指と人差し指がちょっとしびれている。

けれどその甲斐はあった。

とりあえず僕達のことをある程度は好意的に受け入れてもらえたらしく、既に宴会場は外縁から集落の中へと移動している。

「お疲れ様です、アスタ様」

「うむ、苦しゅうない」

「ふっ、なんですかその言い方」

ルナに差し出された肉を食べながら、ほっと一息つく。

僕の視線の先では、ワインの杯を掲げながら陽気に騒いでいる獣人達の姿があった。

どうやら普段はあまりお酒を飲むだけの余裕もないらしく、大人達は皆一様にはしゃいでいる。それなら子供達は置いてけぼりを食らっているかといわれれば、そんなこともない。子供達も肉がたらふく食べられるとあり大はしゃぎしている。ついでに僕が果物も出したので、むしろテンションは大人達より高いかもしれない。

「こんな皆の姿を見るのは、果たしていつぶりでしょうか……」

何かあった時のためにと近くにいてくれているグラムさんが、そう呟く。

篝火《かがりび》に照らされている彼の瞳が、強いオレンジ色に輝いていた。

その様子はくたびれて見えて、力強い族長というよりその辺のおじさんのようだ。

案外こちらの方が素なのかもしれない。

「素晴らしい……素晴らしいことです……」

そう言って柔和に微笑む彼を見ると、今まで彼らが味わってきた苦難がどれほど厳しいものだったのか、ほんの少しだけわかる気がした。

やはり北部辺境へやって来て良かった。きっと僕以外に彼らの窮状を救える人はいなかっただろうから。

「おにいさん、これもおいしいよ！」

「ありがと、いただくよ」

ミリアちゃんに手渡されたドライフルーツを食べる。

水分を飛ばすことで凝縮されたレーズンの甘みが強烈に舌を刺す。

「お父さんも、ほら」

「ありがとう、ミリア」

「……やっぱり、ミリアちゃんはグラムさんの娘さんだったんですね」

「気付かれていましたか」

ミリアちゃんのことは、ある程度予測はついていた。

彼女みたいな普通の女の子が、族長をパッと呼び出せるのは普通じゃないからね。

……あれ、でもそうなるとシェポマ君は族長の息子、つまりは次期族長ということになるんだろうか？

「お恥ずかしいことです……妻が少々甘やかして育て過ぎたせいで、どうも跳ねっ返りの強いところがあるようで……不肖の息子ですよ」

「そんなことないと思いますよ」

あながちお世辞というわけでもない。

シェポマ君の行動は、そこまでおかしなことではない。

彼が僕らに対してキツく当たっていたとするのも、この集落を大切に思っているが故のことなのは間違いないし。

ちなみにそのシェポマ君はというと、肉を食べてお腹を樽のように大きくしながら木陰で休憩している。

相変わらず僕への態度はつんとしていたが、肉を渡した時にはきちんとお礼を言ってくれたので、まあ嫌われてはいないと思う。

「アスタ様……ありがとうございます。こうしてまた皆の笑顔を見ることができたのは、アスタ様のおかげです」

グラムさんはこちらを向くと、大きく頭を下げる。

身体を直角に曲げた九十度のお礼――獣人の文化で言うところの最敬礼だ。

「これだけのことをしていただいた以上、皆もアスタ様のことを領主として認めるでしょう。認めない者は、私がしっかりと説得致します」

「助かります」

「また、領主ということはここら一帯全てに支援を行うつもりでしょうか？　であれば、近隣の集落の者達に声をかけることもできますが」

「それならお願いしてもいいですかね？　一つ一つの場所に向かってまた同じことをして……というのは、どうしても手間がかかるので」

こくり、と頷くとグラムさんはもう一度、じっとこちらを見つめる。

集落の皆がガバガバと酒を空け酒宴に耽《ふけ》る中、彼だけは酒を一滴も飲まず、常に何かをじっと考えるような素振りを見せていた。

真剣な顔をしたグラムさんを見て、僕は領主としての顔を作り、しっかりと彼に向かい合った。

「我々はアスタ様を――こんな僻地にまでやって来て我らに幸せになってほしいと言ってくださるあなたのことを信じてみようと思います」

「ありがとうございます、きっと後悔はさせません」

「なんなりとお申しつけください」

「えっと……それじゃあ、早速一つ」

僕は後ろで酒盛りをしている騎士団員達の輪に入り、ジョッキを一つ拝借してくる。

そしてそこにワインを注いでから、スッとグラムさんに手渡した。

「今日は親睦会ですから。ぜひグラムさんも楽しんでいただけると」

「……はいっ！」

こうして僕らが獣人の皆と初めて過ごす夜は、和やかに更けていく。

明日からはまた忙しくなる。

だからこそ今日ぐらいは、皆でゆったりとはしゃいでもいいだろう――。


次の日から、僕達は早速動き出すことになった。

昨日は業の瞳を稼働させつつ一部の騎士団員達に警邏《けいら》を頼んでいたからなんとかなったけれど、毎日魔物に襲われる可能性があるような場所では皆も農業に励みにくいだろう。

獣人達の協力を得ることができたらやるつもりだった、僕の腹案の一つ。

それはこの北部辺境の辺りの獣人を集める巨大な城塞都市を築き上げることだ。

魔物の襲撃が危ないというのなら、襲撃されても問題ない都市を造ってしまえばいい。

「まずやらなくちゃいけないのは、魔物の襲撃にも耐えられるだけの城壁造りだね。とりあえず簡素なものでいいから、今日中に造っちゃうのがいいと思う」

場所の選定は悩んだけれど、今後のことを考えるとなるべくガルド辺境伯領に近い位置取りの方が好ましいというのと、いきなり移住を指示しても難色を示すだろうという二点から、集落そのものを城塞化していく形を取ることにした。

「きょ、今日中にですか……？」

「うん、後のことは魔物被害に遭わないようにしてから考えようかなって」

グラムさんにこいつは何を言っているんだという顔をされたが、僕は至って真剣である。

魔道具を使って本気でやれば、一日で城壁を造るくらいは朝飯前だ。

とりあえずまずは軽めに、グラムさん達の集落を囲うような形で造っていくのがいいだろうね。もちろん、畑を作るためのスペースは確保した上で。

後で人が来たら、もっと大きめな城塞で囲い直す形にでもしようか。

一応この城壁にも、使い道は考えているし。

「よし、まずは騎士団員に魔道具を配って。文官達がそれを管理して、四方に分かれて作業をしていこう。全体の監督は……セバス、お願い」

「かしこまりました」

僕が収納袋から取り出したのは、ねずみ色をした杖達だ。

誰でも中級くらいまでの土魔法を使うことができるようになる杖のアースステッキ。

これに魔力を込めれば、才能がない人間でも土魔法をある程度使うことができるようになる。

上部にトパーズをあしらったものが特級品で、何も付いていないものが一級品。どちらも作るのに結構手間がかかるものだけど、領地開拓のために頑張って用意させてもらいました。杖を兵士の皆に配ってから、作業のために四方に散ってもらう。

その際、男性の獣人達にも同行してもらうことにした。道案内をしてもらいつつ、僕達の力を見せ、ついでに男同士仲良くなってもらえたらという一石三鳥の作戦である。

全員自衛の術を持っているので、作業中の襲撃を心配する必要がないのはありがたいね。

「よし、それじゃあ行こうか」

「はいっ！」

皆に城壁造りをやってもらっている間に、残されたメンバーで集落の中での様子を見ていくことにした。

どんな生活をしていて、何が足りないと感じるか。

用意、整備してほしいものはあるか。

いろいろと聞き込みをしながら、この辺りの気候や季節を説明してもらったり、獣人の文化といったものについても教えてもらう。

ちなみに集落に戦闘要員は残っていないため、ラグナも城壁の方に行ってもらっている。

ラグナは僕の魔道具を一番上手く使うことができる人間だ。

多分だけど一番早く僕のところに戻ってくるために、とんでもない勢いで城壁を造り上げているに違いない。

「なるほど、とりあえず点火と湧水の魔道具は設置することにして後は農具を一通り提供すればば問題はなさそう……かな？」

領都でもやった魔道具による日々の作業の効率化。

これができれば時間に余裕ができるので、そこを農業に充ててもらうことにしよう。

「魔物の素材自体はわりと領内では珍しいものばかりだし、加工すれば領都で売ることもできそうだね」

ここらに出現する魔物は王国内で珍しい物も多いし、需要はありそうだ。

アシッドスネークの素材で作った魔道具は当たりだし、いっそのこと加工品を僕が買い取り、魔道具化して父さんに納入するというのもありかもしれない。

とりあえず加工業のことを考えると、マーテルに一刻も早く革製品を作ってもらうための工房を用意してもらう必要があるね。

「というわけでマーテル、ここでいけそう？」

「ふぅむ……まあ、手を加える必要はあるだろうが、なんとかならんことはないでしょうな」

鍛治ができそうな場所はないかと尋ねると、既に鬼籍に入った鍛冶師のおじいちゃんが使っていたという鍛冶屋の廃屋があった。

ところどころ傷んで老朽化が目立つが、そのあたりは魔道具を使えばなんとでもなるからね。

「よし、それなら早速やっていこっか」

まずは差し替えた方が良さそうな梁を、ベルト型の魔道具を使って鋲《びょう》留めする。

この魔道具の効果は細胞の活性化。古く傷んだ木材や生物由来の素材を、魔力を使う形で再度活性化させることができる。

梁がみるみるうちに綺麗になっていき、新陳代謝が行われることで木くずがごっそりと落ちてくる。

ゴミ処理用の収納袋に入れたら、同じ工程を傷んでいる柱や木板にも行っていく。

思ったより大量の魔力を使うことになったけど、問題なく建材を新品同様にピカピカな状態に戻すことに成功した。

続いて煤だらけの炉を改造していく。

まずはサイクロン掃除機をイメージして作った風を起こし一点に収束させる魔道具を使い、ホコリと煤を一緒に吹き飛ばした。

そのまま高圧洗浄機をイメージして作った魔道具で汚れを根こそぎ落とし、最後にゴミ類を纏めて処理用の収納袋に入れる。

「収納袋をゴミ箱として使っているのは、世界広しといえどアスタ様だけだと思います……」

「あはは、たしかにね」

「笑い事じゃないと思うんですけど⁉」

改良型の収納袋に容量の制限はほとんどないんだけど、前世の記憶のせいか、使う物とゴミを一緒くたにするのに抵抗があってね。

収納袋は数が作れるようになったから、今では出たゴミは全てゴミ処理用の収納袋に入れることにしているのだ。

「アスタ様に常識を言っても無駄だろ、ルナはそんなこともわからんのか」

「私が常識を教えていかないとアスタ様はどんどんおかしな方向に進んでいきます！」

「真に創造的な物作りとは、狂気と向き合わなければできぬものだ。俺からするとむしろ喜ばしいことだと思うんだが……」

「あなたのよくわからない基準で一括《ひとくく》りにしないでください！」

はたきを使い細かいところの掃除をしていくルナと、炉に使われているレンガを剥がしていくマーテルが口げんかを始める。

ただ口論をしながらもお互いしっかりと仕事はしているところは、さすがプロフェッショナルである。

「アスタ様、ドラゴン煉瓦を出してもらえますか？」

「オッケー。ルナも手伝ってくれる？」

「もちろんやらせていただきますとも！」

僕とルナが取り出していくドラゴン素材を使った耐熱レンガを、マーテルがみるみるうちに一つの炉へと組み上げていく。

途中でレンガを取り出しきってからは再び外回りに戻り、とりあえず井戸水を使わなくて済むよう湧水の魔道具を各所に設置していくことにした。

井戸水はどうしても汚染の可能性があるし、そもそも煮沸《しゃふつ》しないで飲むと腹を下すことも多いからね。大人ならまだいいけど、子供がお腹を壊したりするとかなり危ないし。

事前に選定していた設置スポットに行くと、ぼうっと遠くを見つめているシェポマ君がいた。

せっかくだし、彼に使ってみてもらうことにしよう。

「シェポマ君、もし良ければこれを使ってみてくれないかな？」

「え？　なんで俺が……」

「いいからやるんだよ！　男のくせにみみっちいわね！」

「わ、わかったよ！　わかったから！」

井戸端会議をしていたおばさん方にせっつかれたシェポマ君が、ノズル式の湧水の魔道具に触れる。

魔道具からは水が流れ出し、事前に用意していたバケツがみるみるうちにいっぱいになっていく。

水がなみなみ注がれたところでもう一度触ってもらうと、水が止まった。

魔石の魔力量を確認すると、この程度であればそこまで魔力が減っていないようだ。

この湧水の魔道具には、以前マーテルと一緒に作り上げた魔力増幅装置としての機能を取り入れている。なので永久機関といえるほどのものではないけれど、従来と比べるとかなり低燃費で水を生成することが可能だ。

「へぇ……すごいな、これ」

「もう水汲みしなくてもいいのかい？　井戸水を汲み出すのって、結構腰にくるんだよねぇ」

「そうですね、定期的に魔石を補充していただければ問題なく動くはずです。とりあえず数日に一個くらいのペースでお願いできたらと」

「はー、魔石なら随分余ってるしそれならなんとかなりそうだねぇ」

おばさん達がかわるがわる試していき、魔道具の便利さに目を剥いて戻ってゆく。

とりあえず魔道具のお披露目は成功してくれたらしい。

僕に控えめに言って長めの世間話をしてから帰っていくけれど、最初からいたシェポマ君だけはずっとこの場に残り続けていた。

彼は周りに誰もいなくなり、周囲の人の目がなくなると、意を決した様子でこちらを向く。

そしてカッと目を開けると、勢いよく頭を下げた。

「アスタさん、ごめんなさいっ！　ご飯を食わせてくれて、こんなものまで用意してくれた人に、俺はなんてひどいことを……」

どうやら出会った時のことで、自責の念に駆られていたらしい。

そんなに気にすることないのにね。

「いや、いいんだよ。シェポマ君が外から来た人につらくあたるってことは、それだけこの集落のことを大切に思ってるってことでしょ?」

まだ一緒にいてそれほど長いわけじゃないけれど、ここの獣人達の仲間意識が強いということはすぐにわかった。共に助け合いながら生きてきた彼らは、同胞をとても大切に思っている。

きっと彼らなら、皆と一緒に幸せになるためにと頑張ってくれるに違いないと、僕は確信していた。

「これからきっと忙しくなるだろうからね、その時は期待してるよ」

「はいっ、任せてくださいッ! ミリアより役に立ってみせますよ!」

そう言ってむんっと腕に力を込めるシェポマ君。

まだ身体ができ上がっていないので、力こぶが浮き上がることはなくかわいらしい二の腕がぷにっと寄っただけだった。

グラムさんは不肖の息子と言っていたけれど、僕からすると彼の子育ては成功してるようにしか見えない。間違えたらきちんと謝れる子に悪い子はいないと、僕は思うから。

マーテルの工房へ向かうと、既にレンガ製の炉ができ上がっていた。レンガの数も問題なく足りていたらしく、早速熱して何かを作っているようだ。

見れば鍛造をしているらしく、鉄を叩いて何かを作っている。

ってあれは……刀じゃないか！

以前僕が知ってる知識をいくつか披露しただけなのに、なんだかかなりそれっぽくなってる！

熱されて色の変化した鉄が叩かれるうちに、内側にある不純物がぽろぽろと表に出てくるようになる。

それを取り除いたら再度鉄を叩き、粘度と硬度を保たせながら槌で整形していく。

鋳型に流し込んだり金属塊を切り出してナイフにしたりするのとは違う、正真正銘の鍛造だ。

見入っているうちに一通りの作業が終わったのか、マーテルが刀を水につける。

するとものすごい勢いで水蒸気が上がり、むわっと湿度と温度が一気に上がった。

「すごいじゃないかマーテル、刀が作れるようになってるなんて！」

「獣人達が使うのは曲刀らしいですからな。以前教わっていた刀であれば近いところがあるかと思い、とりあえず一振り作ってみようとした次第で」

まだまだ道半ばだと謙遜しているけれど、冷やされて美しい刃紋の出ている刀は、僕が知っている日本刀のそれと遜色のない出来栄えにしか見えない。

「魔装具にしてみてもいい？」

「もちろん！」

顕界情報を確認してみると、お誂《あつら》え向きなことにこの刀の魔装具には移動速度上昇の効果をつけることができるようだった。

獣人達が装備するのにこれほどうってつけな効果もないだろう。何か運命的なものすら感じる。

僕が提供する魔道具に使う魔石の確保は必要だ。なんでも手出しでやってしまうのも良くないと思うので、魔石は自分達で集めてもらうつもりだ。

獣人の戦士達は高い身体能力や嗅覚を持ち、狩りを得意としている。

彼らの中には戦いたいと言っている者達もいたので、そんな人達にこの魔装具を有償で貸し出す形にしようかな。

彼らに集落の魔石を供給する狩人という形に落ち着いてもらえれば、上手いこと需要と供給が均衡してくれるだろう。

「あ、そういえばマーテル。結構いい値段になりそうだからこれから集落の人達に辺境伯領に卸す革製品を作ってもらうつもりなんだけど、どう思う？」

「俺は量産品に興味ないので、まるごとぶん投げたいですな」

「ははっ、マーテルなら多分そう言うだろうと思ってたよ」

マーテルは他の家臣のように、僕の言うことならなんでも聞いてくれるわけではない。

一応雇用契約は結んでいるけれど、彼は誰でもできるような仕事はそもそも受けるのを拒否することが多い。

マーテルが欲しているものは自分のインスピレーションをかき立てられるワンオフの製品や、目新しい発想、これまでになかった物の製作だ。

したがって僕が欲したことをやってもらうために、上手くディレクションをしてあげる必要がある。

「もし良ければ革製品を作るためのキットを作ってほしいんだ。説明書や型紙なんかを一式揃えてほしい」

「型紙とはなんですかな?」

「簡単に言えば製作する物や模様の形に切り抜いた紙だね。これを使えば作業を簡略化して、素人でも加工品を作ることができるようになる。ホントは服飾なんかに使う技術なんだけど、そこまで厚くない革製品なら流用できるはず」

単純作業をしたくないというマーテルの要望を叶えるため、僕は単純作業をするための複雑な工程部分を彼にやってもらう形でいくことにした。

革職人がいない状態で一定水準以上の革製品を作るには、何かブレイクスルーが必要だ。

そこで僕が前世知識から引っ張り出してきたのが、型紙のシステムだ。

事前にサイズを指定しておき、その形にくりぬくような形で製品を作ってもらうのだ。

また作るために必要な仕様書を書いてもらい、素材の鞣しから加工までを細かく分業して、ライン化していく。

一つ一つの作業を繰り返す形になれば、その分経験値の蓄積も早く進む。

ここでノウハウを確立したら服や他製品含めて、他にこの形を取り入れてもいいしね。

工場制手工業が上手くいくようになれば、飢えることがないくらいの生産量まで増やすことができるはずだ。

「ふむ、なるほど……そういうことなら」

(ほっ……)

上手く興味を持ってもらうことができたようで、マーテルがまず最初に加工品の鞄を仕上げ、その工程をなるべく簡略化しつつ最低限の機能を残せるようなライン作業に分解し始める。

どうやらそれなりのものを作れるようにするためにはある程度工夫が必要らしく、ああでもないこうでもないとしきりに唸っている。

邪魔しないようにルナとそっと席を外す。

時計を見れば時刻は午後四時を指していた。

外へ出ると、既に遠くに城壁の威容が見えている。

どうやらセバスとラグナはしっかりと仕事をしてくれたらしい。

報告をもらうために一度あちらに向かおうかと考えていると、誰かが遠くからものすごい勢いで駆け寄ってくる。

近づいてくると、それが鬼気迫る顔つきでこちらにやって来るラグナだとわかった。

自重抜きで全力疾走をしているので、ものすごい速度が出ている。

あっという間にこっちにやって来たラグナが、ビシッと敬礼をする。

「アスタ様、城壁の建築完了致しました！　現時点でもCランクの魔物までであれば抑えられるかと！」

「了解、それじゃあ次は装備の設置と魔道具化だね。ルナはご飯係お願いね」

「わかりました、午後六時前くらいにはできると思いますから、遅れないでくださいね！」

ルナには調理場へと向かってもらい、獣人の奥様方と一緒に料理をしてもらう。

女性同士なら打ち解けるのも早いだろうし、いろいろと情報交換をして獣人風の料理なんかも覚えておいてもらいたい。

ルナと別れ今度はラグナを引き連れて、完成したという城壁へと向かう。

近づいていくと、僕が想定していたよりも一回り以上大きく造られていることがわかった。

セバスもラグナも、気合い入れ過ぎだって……。

どっしりと構えられた城壁の様子を、平行に歩いていきながら確認する。

「継ぎ目がない……良い仕事だね」

「恐縮です」

どうやら効率化のためにある程度土を纏めてから硬質化させるような形を取ったらしく、コンクリートで舗装された道路のような、継ぎ目のないつるつるとした壁が集落を囲むようにぐるりとでき上がっている。

城門からしか通り抜けができないようになっており、城壁の上には兵士達が行き来することができるだけの幅も確保されていた。

しっかりとバリスタを設置するためのスペースや銃眼（こっちの世界だと魔法眼って言うんだけどね）なんかもできていて、迎撃のための用意はばっちりできている感じだ。

魔物の攻撃でもびくともしなさそうだ。

とりあえずで造ったにしては随分と堅牢な城壁ができ上がった。

今後もっとやって来る領民が増えるようになったら、もう少し本格的なものを作る必要があるだろうけど、とりあえず魔物の襲撃を防ぐだけならこれでも十分だろう。

次にやっていくのはこの城壁の性能向上のための設備の調整だ。

まずこの城壁全体を魔道具化していく。

魔道具を作る際に書き換えるのは、あくまでも顕界情報。たとえそれがどれほど大きなものであっても、一括で書き換えることが可能だ。

城壁につけることのできる効果は自動修復と堅牢だった。

どちらを取るか悩んだが、今後のことを考えて、今回は堅牢だけに機能を絞ることにした。

続いて城壁に一定間隔で置かれているスペースに、バリスタを設置していく。

バリスタ自体が魔装具であり、ちょっと贅沢だけど使用するクォレル一つ一つも使い捨ての魔装具になっている。

とにかく貫通力を上げている通常矢と、強力な個体に攻撃を届かせるために爆発の効果を込めた榴弾ならぬ榴矢を用意。

事前に作製していたそれらを騎士団と獣人の皆の手助けを受けながら設置していく。

「一応Bランクまでの魔物なら通常矢で対応できるはずだけど、ヤバい個体が出たら遠慮なく榴矢を使っちゃって大丈夫だからね」

「ビ、Bランクまで……？」

「アスタ様は一体、どんな化け物と戦うことを想定していらっしゃるので……？」

城壁建設の間に仲良くなっていたらしい獣人と騎士団員が、ちょっと引き気味にそう尋ねてくる。

ここに来るまでの間の魔物のレベルだったらそこまで気にする必要はないかもしれないけど、備えあれば憂いなし。こういう時は過剰にやっておくくらいでちょうどいいのだ。

「とりあえず騎士団の皆にはこの城壁の保守業務をやってもらう形になりそう。獣人の皆と協力して魔物も狩ってもらうつもりだけど、そのあたりの塩梅《あんばい》はやってみながら調整してね」

「了解致しました」

ぺこりと頭を下げるセバスに頷きを返すと、遠くから銅鑼《どら》の音が聞こえてくる。

どうやら夕食の準備ができたようだ。

「とりあえず集落で安全な生活ができるための準備は整えたし、ご飯にしよう。細かいことは明日から決めていけばいいしね」

「はっ！　……アスタ様、ありがとうございます。毎年、魔物には少なくない被害に遭っておりましたが、この城壁があれば、私達も枕を高くして眠ることができます」

「「「ありがとうございますっ‼」」」

獣人達を代表する形で前に出てきたらしいバンビさんが頭を下げる。

そして彼に続く形で、全員が揃って頭を下げた。

僕は軽く手を振ってから、後ろを振り返る。

こんな風に純粋な敬意を向けられるのは、やはり少し気恥ずかしい。

何度されても、やっぱり慣れないものだ。

「ほら、ご飯が冷める前に行くよ！」

僕がそのまま歩き出すと、くすりと笑ったラグナとセバスがその後に続く。

最初はどうなることかと少し不安だったけれど、しっかりと準備をしたおかげで特に問題を起こすこともなく進めていくことができそうだ。

僕はこちらに向けて手を振るルナとミリアちゃんを見て、明るい未来がやってくることを確信しながら、一歩を踏み出すのだった――。

第六章　新たな暮らし

僕がガルドブルクを抜け自領にやって来てから、早いもので一ヶ月が経った。

領民である獣人の皆とは何度か衝突することもあったし、彼らに新しい生活様式を受け入れてもらうためには度々話し合いを重ねる必要があった。

けれど僕達はわかり合えない存在じゃない。

一緒に皆で豊かな暮らしを目指す。

目的が同じだからこそ、どれだけ衝突をしても最後にはその道は一つに交わった。

そしてその結果の一つが、今僕達の目の前に並んでいる。

「行くよ、せーのっ！」

「「「よいしょおっ‼」」」

僕が音頭を取ると、皆でぐっと握った手に力を込める。

地面に露出している葉を勢いよく引っ張り上げると、ずぼぼぼっとすごい勢いで土からある物が引っこ抜かれていく。

葉の下から現れたのは、少し赤く、そして小ぶりな大根である二十日《はつか》大根《だいこん》。ラディッシュって言い方の方が一般的かもしれない。

「よし……問題なく実ってるみたいだね」

確認してみるが、成長の方は問題なさそうだ。

むしろ地味が高いせいか、僕が知っているラディッシュよりも少し大きいようにすら思える。

顔を上げればそこには、野菜畑が広がっている。といっても、まだ植えてあるのはラディッシュだけなんだけどね。

城壁を広めに取ったおかげで、内側だけでも十分な広さの土地を確保することができている。

「おお……」

「これを……私達が……」

畑にやって来ていた獣人の皆が、どこか信じられないような様子で自分が持っているラディッシュを見つめている。

子供達は自分達が野菜を作ったというのが嬉しいからか、ラディッシュをぶんぶんと振って走り回り、そして食べ物を粗末にするなと大人達から頭を叩かれていた。

獣人は身体能力が高いため、女性でも戦うことができるし、子供でも普通の成人男性顔負けの力作業をすることができる。

そのため畑の作業は持ち回りで、皆の様子を一番把握しているグラムさんに配置を決めてもらい、ローテーションを回してもらう形を取ることにした。

だからこの畑には、この集落で暮らす全員の手が入っている。

待ちきれずにラディッシュを生でかじって悶絶している子供達も、どこか誇らしげな様子で畑を見つめている騎士団員見習いとして雇い入れた獣人の兵士達も、家事や皮革の加工の合間に畑に水やりをしてくれていた奥さん達も。

皆が一緒になって、初めての収穫を祝っていた。

目の前に広がっている光景は、僕達が一丸となって頑張ったが故の結果。

そう思うと僕も、なんだか誇らしい気分になっている。

「アスタ様」

耳元で囁くルナの声で、ハッと我に返る。

いけないいけないけない。今後も野菜を育ててもらうためにも、収穫の喜びを皆で分かち合わなくっちゃ。

「皆さん、今日は初めての収穫ですので、収穫祭を行います！　お酒も出しますので、楽しんでください！」

僕の言葉に、あちこちから歓声が上がる。

男性陣も女性陣も声を上げ、それに釣られて子供達も声を上げる。

獣人の人達って皆すごい飲んべえだからワインやエールの消費量は想定よりいくらか多いけど、事前に相当な量を持ち込んでいるので誤差みたいなものだ。

今度ウルザが行商を連れてきてくれることになっているし、そこで補給をすればまったく問題はない。

「腕の見せ所ですね！」

「私達も負けちゃいられないよっ！」

メイド服で腕まくりをしながらむんっと気合いを入れるルナと、それに釣られて気炎を上げる奥様方。彼女達も随分打ち解けたようで、和気藹々《あいあい》と調理をするための準備を始める。

「飲み比べといきましょう、ラグナ団長！」

「いや、私は酒は飲まない、判断が鈍るからな。もちろん飲んでる人達の邪魔をするつもりはないから皆で楽しくやってくれ」

獣人の文化の一つに、どんな場合でも強いやつがジャスティスというものがある。

力なき正義に用はねぇとばかりのバイオレンスな考え方だが、魔物が出る辺境の地では強い者の発言力が高くなるのも当たり前なので、理に適っている。

そんな考え方の風土では、ラグナが獣人の皆に慕われるまでに、ほとんど時間はかからなかった。

なにせ僕とそんなに背が変わらないけれど、ラグナの戦闘能力はBランク冒険者のザイガスさんよりも高い。

ラグナに憧れて騎士団員の入団希望をする者が多くなり過ぎて、グラムさんと一緒に農作業ができるよう上手く人材を分配させたのも今では良い思い出だ。

ちなみにそれなら僕の言うことは聞いてくれないかというと、そういうわけでもない。

獣人はただ脳筋なわけではない。

厳しい環境の中で暮らしてきたからこそ彼らは族長を戦闘能力ではなく、群れを統率する能力の多寡《たか》で決める。

グラムさんなんかも戦士としての力は下から数えた方が早いのがその証拠だ。

彼らは僕を群れの長として捉えているらしいので、戦えなくても尊敬されるってわけだね。

気付けば宴会が始まり、あちこちで歓声が上がり始めた。

炊事場からは煙が上がり、料理が運ばれ始める。

収穫したラディッシュは全員に行き渡らせるため、スープの中の具材として使われていた。

「セバスも今日はゆっくりしていいからね」

「はい、それではお言葉に甘えさせていただきます」

セバスには現在、文官達を取り纏める役目をしてもらっている。

文官達には城壁内の区画整理から製品の輸出入による黒字化のための計算、いざこざが起きた時の陳情の受付や仲裁なんかのかなり幅広い業務を請け負ってもらっているため、それを取り纏めるセバスの業務量はちょっと笑えないレベルになっている。

なんで問題なく捌けているのか、上司である僕が不思議に思うくらいだからね。

人数が少なくて人手が足りてないから、どうしてもそのあたりの裁量を増やして対応するしかないんだよね。

「獣人達の中に事務仕事ができる人達が増えれば、もうちょっと楽にしてあげられるんだけど」

「私的には問題ありませんが、たしかに今後私が引退した後のことを考えると、もう少し人手は欲しいところですね。天職授与の儀ができる神官を呼べばいかがですか？」

「うーん、それはそうなんだけど……こんなところまで来てくれる神官がいないんだよねぇ」

こちらに来てから驚いたことの一つに、獣人の皆が天職授与の儀を受けていないということが挙げられる。

この世界で最大宗派を誇り実際に天職という恩恵をもたらしてくれるのは、大精霊ラ・ルシエを神として崇める精霊教だ。

けれどこの世界は多神教であり、獣人達が信仰しているのは獣の神という別の神様だ。

なんでも胴体からいくつもの獣の首が生えているキメラみたいな見た目をしているらしい。

獣人達の身体能力が高いのは、獣の神が生まれながらにして彼らに与えた恩恵らしい。

そしてこの世界は多神教なので、獣人の皆は同時に大精霊を信仰することも可能だ。

ということは天職授与を取り仕切る神官さえここに誘致できれば、彼らに天職を与えることもできるのである。

「派遣に関しては、多額の喜捨《きしゃ》をすればなんとかなるかと」

「なんかお金で釣ってるみたいで嫌じゃない？」

「実際間違っていませんからな。金銭で天職を買えると思えばむしろ安い買い物なのでは？」

「たしかに……」

精霊教会は結構内側から腐っているし、そもそも現在の主流派は人間至上主義のリオス派だ。けれど精霊教会は一枚岩ではないので、他の中立派や融和派の聖職者に寄付をすれば人を派遣してもらうこともできるとは思う。

札束で頬をひっぱたいているような感じがしてどうにもやる気が起きなかったんだけど……たしかに背に腹は代えられないか。

よし、今度一度辺境伯領に戻るウルザに教会への手紙と寄付を持っていってもらうことにしよう。

「そういえば、予定通りならそろそろ他の集落からの合流組が来ますよ」

「早いね、もうそんなに経ったのか……」

城壁にはかなりスペースに余裕ができる形で建てているので、現在土地は結構余っている。

一応数百人であれば収容できるくらいの広さにはしているからね。

他の集落も以前のこととおおよそ変わらない様子ということで、僕はグラムさんが選んだ数人に手紙と証明がてらの魔道具のいくつかを手渡して、村に派遣している。

グラムさんが集落の族長同士でもかなり顔が利く人だったおかげで、彼の説得に応じた集落がいくつもあった。

厳しい事情はどこも同じらしく、彼らは現在ここへ向かってきている最中なのだ。

さてそれなら早速準備をしなくちゃ……と思っているとビーッという警報音が鳴る。

これは僕が作った魔道具の警報音だ。

一定の手順を経ずに生物が城壁を越えてくると鳴るようになっている、対魔物用の魔道具である。

「どうやら話をしていたら、ホントに来たみたいだね」

外に出て話を聞いてみると、やはり新たな獣人達がやって来たらしい。多分だけど誰かが言われた通りの道を通らずに来ちゃったんだろうね。

早速現場へ向かってみると、そこには三十人ほどの獣人達の姿があった。

人間が統治している集落へやって来るだけ切羽詰まっているためか、全員やせこけていて、顔に生気がない。

以前グラムさん達を見た時もひどいと思ったけれど、今回は明らかにそれ以上だ。

耳はへたっとしているが、全員が狸耳だ。

ということは彼らは狸族ってことになるんだろうか？

「とりあえず腹が減っていては話ができないでしょうから、まずは腹ごしらえをしてもらいましょう」

あらかじめ用意しておいた食料を並べ、ルナ達に急ぎ料理を作ってもらう。

大量の黒パンと、湯気の立ち上る温かいスープ。

食事としてはそこまで豪勢なものではないけれど、やって来た獣人達はそれをむさぼるように口にしていた。

「ガツガツガツガツッ‼」

「う、うめぇ……」

大人達の中には、食べながら涙を流している者までいたほどだ。

子供達は脇目も振らず食べていて、勢いが良すぎてパン屑をぽろぽろと地面に落としている子なんかも多かった。

以前歴史の授業で、狩猟採集生活では飢餓状態になることもままあったという話を聞いたことがある。多分だけど彼らも、かなり大変な食料事情だったんだろう。

「し、失礼しました……私は族長を務めているロッホと申します」

がっついていたのが恥ずかしかったのか、こほんと小さく咳をしながらやって来たのは、三十代前半くらいに見える身体の大きな男の人だった。

身長は二メートルを優に超えているんだけど、その顔つきは非常に優しい。

少し垂れ目の狸顔には、なんだか憎めない愛嬌があった。

「ロッホさんですね、よろしくお願いします。グラムさんの話を聞いたならわかっていると思いますが、ここで暮らすということは僕の領民として生きていくということです。僕は人間ですが、問題はありませんか？」

「多分……大丈夫だと思います。もし反駁《はんばく》する者がいれば、私が説得します。あのままの状態では、そう遠くないうちに限界がきていたはずですから」

力強い瞳でこちらを見つめると、ロッホさんが両膝を地面につけ、五体投地の姿勢になる。

そして彼に続くように、狸族達が一斉に膝をついた。

獣人にとって四つん這いになることは服従・屈服の意味を持つ。

上下関係が絶対である彼らにとって、この姿勢をすることは決して軽くない。とりあえず悪いことしたら頭を下げとこうみたいな人間とは文化が違うのだ。

「ぜひとも我らを、アスタ様の領民として迎え入れていただきたく」

「もちろんです！　大変なこともあるかと思いますが、一緒に頑張っていきましょう！」

こうして僕らの集落にまた新たな仲間が増えた。

でも彼らはまだ第一陣。これからもっと人は増えるはずだ。

彼らがしっかりと暮らしていけるように、僕ももっともっと頑張らなくっちゃ！

ラディッシュを収穫することができるようになったことで、獣人の皆はどうやら野菜を育てられるという自信がついてきたようだ。

そのため次の日から、早速別のものを植えていくことにした。

まず最初に植えるのは麦だ。これは大麦と小麦をどちらとも用意しているので、城壁内で植えられるところには可能な限り植えていく。

続々と獣人達がやって来ることを見越しても、まだスペースには大分余裕があるからね。

次に植えるのは、商品作物。

これを何にするかも、実は既に決めている。

僕が植えることにしたのは……

「というわけで、皆にはこのビートを育ててもらいます」

ビート、甜菜《てんさい》と呼ばれている根菜だ。

ビートとは、いわゆる砂糖大根である。

ここから上手く砂糖の精製ができれば、間違いなく高値で売ることができるだろう。

何せこの世界では、砂糖はめちゃくちゃな高級品だ。

現状この大陸では精糖はサトウキビからしか作られておらず、ビートはただ苦い家畜用の飼料として非常に安値で取引されている。

砂糖は王国では採ることができず、南にあるカバラン国からの輸入に頼っているため値段が跳ね上がっているからである。

ビート自体はこの土地でも問題なく栽培ができそうだし、製糖のやり方は領都にいた頃に開発済み。つまりは成功が約束されている産業といえる。

「これを作れば、僕が買い取る。多分一番高値で買い取るようになるから、今後しばらくは麦と豆類以外の畑では、これを作ってもらうつもりだ」

甘みには習慣性がある。甘い物を食べる習慣が一度ついた人間は、また甘みを欲するようになるのだ。

見た目はちょっと不細工で、ごぼうと大根を足して二で割ったような見た目をしている。

こんなものから砂糖ができるとは到底思えない外観なのだ。事実、王国にもある程度数はあるが、苦くて食べられたものではないからと飼料にしているような野菜だ。

「というわけで皆、作業お願いね！」

「「「はいっ！」」」

獣人達がビートを植えていく様子をざっと見ていく。

皆ラディッシュを植えたところに甜菜を植えていき、そのままま掘られていない地面をガンガンと掘り返し始める。

獣人達に魔装具の農具を使わせれば人力で重機張りの力を発揮するため、ものすごい勢いで地面の色が黒くなっていった。

ただ当然ながら体力の限界はあるので、彼らが疲れた時には休憩代わりに連れてきている馬と牛を使った馬耕、牛耕に切り替える感じだ。

その中には、新しくやって来た狸族達の姿もあった。

仲間はずれになっているような様子もなく、仲睦まじくグラムさん達と作業をしている。

これなら特に問題もなさそうだ。

(獣人達だからこそ、技術漏洩《ろうえい》を気にする必要がないのはありがたいね)

ビートを砂糖にする製糖方法は、実はそれほど難しいものではない。

というかめちゃくちゃ簡単で、刻んだビートをひたすら煮詰めて、砂糖の結晶を作る。できた結晶を蜜と結晶とに分離させ、取り出した結晶を乾燥させると砂糖ができる。

王国で砂糖が作れるようになる。これのインパクトは極めて強烈だ。

もしここで砂糖が作れるようになれば、まず間違いなくとんでもないお金が動くようになるだろう。

製糖技術を父さんに売ってその権利収入で……というのも考えたけど、それだと潤うのは僕ばかりで獣人の皆に還元ができないからね。しばらくの間、製糖はここだけで完結させるつもりだ。

実はまだ人が増えていくとわかっている状態で小さめの城壁を建てたのには、情報を秘匿する小都市を造ろうという目的もあったりする。

ゆくゆくはこの城壁の内側で、砂糖や現代技術を応用した魔道具を始めとした、秘匿性の高いものを作り、そのための場所として使ってゆくつもりなのだ。

といっても、今はまだ絵に描いた餅だけどね。

僕は労働意欲高く農業に励む皆を眺めビート作りの成功を確信してから、そのまま北側にある練兵場へと向かっていく。

道中通った新設の工場では、既に加工品製作のためのライン作業が始まっていた。

革を鞣す人、あらかじめ用意されている寸法通りに切る人に、それを型通りに曲げ固定化させていく人。

それぞれが慣れているとは言いがたいけれど、とりあえずギリギリバザーでなら売っていそうなくらいの品質にはなっていた。ただ最初はずぶの素人から始めたわけだから、これでもかなりの進歩だ。

やっぱり分業化させるとノウハウの蓄積が早いね。これなら一年もしないうちにしっかり製品レベルのものを仕上げることもできるようになるんじゃないかな。

更に北へ向かうと、城壁同様土魔法で新設した練兵場が見えてくる。

ここは北部辺境の中でもかなり南寄りだが、魔物の襲撃のほとんどは北側からのことが多い。

そのためいざという時にすぐに増員ができるよう、北寄りの場所に練兵場を設置している。

軽く様子を見てみると、今日もラグナが配下達をしごき上げていた。

「そこ、魔装具の振り方がなってないぞ。もっとこう……ズバッじゃなくて、バシュッて感じだ」

「は、はいっ！」

ラグナのアドバイスに古参の騎士団員は頷き、新しく入ったばかりの獣人の兵士達は首を傾げていた。

ラグナは強くて真面目で騎士の模範みたいな人なんだけど、彼にはある欠点がある。

それはめちゃくちゃ感覚派だということ。

ラグナはなんとなく相手の弱点を看破したり、相手がされたくないことを見つけ出すことができたりする。

けれどそれを論理的に教えることが苦手なので、アドバイスが全体的に擬音語多めなのだ。

僕はよく理解できていないんだけど、古参になってくると彼が言いたいことがなんとなくわかるようになってくるらしい。

「ほら、剣を振る時はもっと脇を締めろ。それに魔装具の場合、剣速が上がるからその分だけ重心を安定させる必要があるぞ」

そんなラグナの感覚的なアドバイスを補強してくれるのが、遊撃隊の隊長であるザイガスだ。

彼は実戦豊富な元冒険者で、かつては新人の育成なんかをしていたこともあったらしい。それゆえ指導も実践的で、ラグナの言葉をわかりやすく翻訳してくれている。

「アスタ様！　総員、敬礼ッ！」

「「敬礼ッ‼」」

ビシッと揃って敬礼をするその姿は、なかなか壮観だ。

腰に下げている得物を見るとわかるけど、最初からいた団員達は直剣を、新しく入った兵士の獣人達は曲刀をつけている。

この騎士団は僕の魔装具を使うことになるので得物もその時開発した魔装具如何で変わるので、得物は統一させない形にしている。

獣人達は種族ごとに使う得物も違うみたいだしね（ちなみに狸族が使う得物は、自分の背丈ほどもある大剣だ。彼らは力はあるけど細かい調整が苦手なパワータイプらしい）。

「魔物の様子は変わらない？」

「はい、本日も魔物の襲撃が一度ありましたが問題なく処理することができました」

魔物の知能は基本的に高くないため、餌がたくさんありそうだという理由で城壁に突っ込んでくる個体が多い。

そのためわざわざ狩りへ出ずとも、やって来た魔物をバリスタや魔法杖で処理していくだけで余るくらいの大量の食肉が確保できるようになっていた。

戦闘経験を積ませるために逃げ散った魔物達相手に狩りをすることもあるんだけど、その分も合わせれば生活に必要な分の魔石も問題なく補充ができている。

ちなみに最初の頃はある程度近づいてきた段階で警報音が鳴るようにしていたんだけど、それだと生活に支障が出るレベルでビービーと音が鳴ってしまったため、今では城壁を越える段階で音が鳴る形に改造済みだったりする。

「しっかし、魔物の襲撃がホント多いよねぇ……」

「アスタ様、それなんですが……実は先日、気になる話を耳にしまして」

「気になる話？」

ラグナが話を聞いたというのは、兵士になった若者だという。

その内容は穏やかではなかった。

「兵士の一人が言っていたのです。ここ数年で、こちらにやって来る魔物の数が増えている気がすると」

「それは……信憑性のある情報なの？」

「正直なところ、噂の域を出ないと思っていました。わざわざアスタ様に上げるまでもないものと……けれど昨日狸族の戦士達から話を聞いて考えを改めました。間違いなく森には何かが起きています」

狸族の戦闘能力は、亜人の中でも低い方ではない。成人した戦士になると一対一で熊を斬り殺せる実力を持っている。

けれどそんな彼らが、現実問題として飢えていた。その理由は、彼らの住んでいる森の近くに出る野生生物や魔物達の数が減ったことにあるのだという。

「もしかすると本来の生息域を越え、魔物達が南にやって来ているのではないでしょうか。結果としてこちらへの魔物の襲撃が増えたと考えれば、つじつまも合うかと」

今もこの城壁には、一日に数度の魔物の襲撃がある。

ここにやって来たばかりの僕達にとっては襲撃されるのが当たり前で、だからこそそこに違和感を覚えることはなかった。

けれどそこに、なんらかの原因があるのだとしたら……たしかに、放ってはおけない問題だ。

そのせいで獣人達の生活がキツくなっているというのなら、なおさら。

「よし、それならすぐに防衛の体制を見直そう」

「狸族が増えて人手には余裕ができると思いますが……警戒のための人員を増やしますか？」

「ううん、それは平気だ。むしろ城壁内の人員を増やそう」

「ですがそれでは……」

「魔装具の自重をやめればいける」

より強力な魔物がやって来て、強力な魔物に集落を滅ぼされてしまう。

そんなことはまっぴらごめんなので、僕は少々のリスクを覚悟で積極的な手を打つことにした。

僕が今まで獣人の皆に渡していたのは、ラグナと比べれば型落ちともいえる通常の魔装具だ。

まずはそれを全員分、最新式のものに変える。

更に警戒の魔道具をより強力なものに変更し、魔法杖の改良型——事前に領都で作っておいたものだ——を女性や子供達も含めて全員に配ることにした。

この魔法杖は、簡単にいうと魔法で発動する鉄砲だ。

火魔法の爆発が起こることで炸薬の代わりになり、貫通力を高めた魔道具化された銃弾を放つというもの。

銃弾を大量に生産するために魔道具を作るための魔道具をまた一つ生み出し、これを使って大量の銃弾を用意させてもらった。

ここにいる皆が僕の魔道具を使いこなすことができれば、理論上はどんな魔物だって倒せるはずだ。

僕が自重をやめれば、皆の戦闘能力はまだまだ上げられる。

たとえどれだけ強力な魔物が来てもなんとかできるように、とりあえず準備を整えなくちゃいけないね……。

「ルナ、僕は今からマーテルさんと一緒に工房に籠もってくる」

「……はい、わかりました」

不満はあるだろうけれど、僕が本気だとわかっているからか、彼女はこくりと首を縦に振った。

心配し過ぎだと思われているのかもしれない。

でも、杞憂だったなら笑い話で済むけれど、事実だったなら間に合わなくなるかもしれない。

備えあれば憂いなし。

しっかりと準備さえ整えておけば城壁を造れたんだから、強力な魔物の一匹や二匹なんか問題なく倒せるはずだ。

僕は戦闘能力がないから。だからこそ、事前に万全の用意をする。

決して手抜かりはしない。なぜなら僕の双肩には皆の命がかかっているからだ。

こうして僕は全員分の魔装具を仕上げるため、マーテルと一緒に工房に籠もり魔道具作りに専念することにした。

その間にも、第二陣、第三陣と続々と獣人達がやって来る。

その人数は当初の予定の倍以上になっていた。既に小城壁内にある畑だけでは食べていけないほどの人数だ。全てが終わったら改めて更に大きな城壁を築かなくちゃいけない。

やって来た人達の中には、グラムさんの誘いを断った比較的余裕があったはずの集落の人達も多かった。

そして一番最後にやって来た獣人達は、最強と呼び声の高い獅子族の集落だった。

彼らですら勝てないような強力な魔物が続々と出現するようになり、この場所への移住を決めたのだという。

その話を聞いた瞬間、僕の中にあった予感が確信に変わった。

新しくやって来た獣人の戦士達に三方を守らせ、古参の騎士団員達と集落の中でも屈強な戦士達を北方に張り付ける。

魔装具の増産が終わった頃には、更に異変は大きくなり始めていた。

城壁へやって来る魔物の数が明らかに増え始め、一体一体の魔物も強力なものに変わり始めていたのだ。

時間的に余裕があったので、僕は城壁につける魔道具をバリスタから大砲へ変更していく。

大砲は一門、事前に用意してあったため、それを元にして複製することにした。

北の城門に取り付けたところでとりあえず一段落させることにした。

大量に買い付けたはずの金属が、一連の魔装具作りのせいで底を突きそうになってしまったからだ。

「一体アスタ様は、何と戦うつもりなんですか……？」

「何が来ても勝てるようにしてるだけだよ」

たしかにちょっとやり過ぎたかもしれないが、それだけの価値はあったように思う。

自重なく魔装具を支給しまくったことで、獣人達の僕を見る目が明らかに変わったからだ。

彼らは強い人間か、自分達を食わせていくことができる人間を尊ぶ。

そのため僕を子供だからと侮る人は、誰一人いなかった。

準備を整えてからも、異変はますます大きくなっていく。

そしてとうとう——僕達の命運を決める、運命の一日がやってきた。

第七章　呪い転じて……

「――来たッ‼」

一斉に鳴る警報音。

僕の作った改良型警報の魔道具が、とてつもないほどの大音量で城壁内に響き渡る。

高性能の魔力ソナーを搭載したこの魔道具は、やって来る魔物を数キロ先の時点で察知することができる。

音の大きさは魔力反応の大きさを示している。

これくらいの大音量となると強いか、それとも数が多いかのどちらかだ。

「総員警戒態勢！　魔法杖の用意を！」

ラグナの声に従い、騎士団員達が魔法杖を構える。

するとすぐに魔物達がやって来た。

「グッギャアアアアオッ‼」

「キシャーッ！」

「フシューールルルッ！」

城壁の上からもわかるほどの、圧倒的な数。大量の魔物達の足音は地響きになって、城壁を揺らしている。

空を飛ぶ鳥の魔物もいれば、地を這うトカゲの魔物もいる。

二足歩行の魔物だけでもゴブリン、オーク、オーガ、リザードマンとにかく大量だ。

彼らは皆、一目散にこちら目掛けてやって来ていた。

その様子は切迫しているようで、魔物達の目は血走っている。

ごくり、と誰かが唾を飲み込む音が聞こえてくる。

けれど僕の騎士であるラグナは、大量の魔物を前にしても、決して臆することはなかった。

「良かったな、皆！　これだけ敵がいれば、どこに撃っても当て放題だ！」

ザイガスの軽口に、その場の雰囲気が少し明るくなる。

さすが歴戦の戦士なだけのことはある。緊張して固唾を飲んでいた騎士団員の皆の空気が、今の一言で明らかに変わった。

「大物は俺がやる！　だからお前達は安心していつも通り戦えばいい」

ラグナは剣を構え、淡々と告げる。

たとえどれだけ強大な魔物が出てきても、彼なら倒せてしまうに違いない。

そんな風に思わせるだけの武威と風格が、今の彼には宿っていた。

彼が元はただの衰弱した奴隷だったとは、買った僕自身信じられないくらいだ。

「飛んでる魔物は俺が落とす！　お前達はとにかく撃って撃って撃ちまくれ！」

「「は、はいっ‼」」

魔物達が大砲型の魔法杖の射程距離に入る。

魔法杖が火を噴き、魔物達を蹴散らしていった。

「――ラグナ、出るッ！」

ラグナは靴の魔装具を起動し、空へと駆け上がった。

そしてこちらにやって来ようとしている鳥の魔物達を剣で切り裂き、魔法杖で打ち抜いてゆく。

その戦闘はさながら舞踏のようで、一つ一つの動きに一切の無駄がなかった。

「そこっ！　弾幕薄いぞ！」

ラグナが腰に下げているポシェットからあるものを取り出し、放り投げる。

その形状は、占い師が使っている水晶玉に近い。

透明な玉が城壁に向かおうとする魔物達の頭上に落ちると……その瞬間、鼓膜が破れそうなほどの爆音と激しい閃光が辺りを満たした。

次いでやってくる爆発。光が収まった時、そこにはクレーターができ上がっていた。

僕が開発した爆弾の魔道具だ。魔道具自体がオーバーヒートして、自壊するように作ってある。

ラグナは地上の状況も確認しながら適宜爆弾を落として支援をしながら、城壁を抜けられる

飛行タイプの魔物を次々と撃ち落としていた。

「団長に負けるな！　撃てッ！」

大砲の魔法杖が火を噴き、更に魔物達の距離が近づくことで通常の魔法杖の射程に入った。

騎士団員達が魔法杖を撃つと、弾丸が魔物達へと殺到してゆく。

貫通力を上げているおかげで弾は一体目を倒し、その後ろにいる二体目も倒し、三体目にトドメを刺したところで止まるほどの威力があった。

魔物達はあっという間にバタバタと倒れていき、その数を減らしていく。

魔法杖の効果はその圧倒的な威力だけではない。

大きな音と激しい光、そして次々と倒れてゆく仲間達。

見たことのない激しい刺激とその威力に知能の低い魔物達は驚き、逃げ出す個体が続出し始める。

彼らは自分達のやって来た北方ではなく、西と東に散っていった。

「ほれ、あっちだぞ！」

城壁から状況を観察していたザイガス達『銀翼のアイリーン』は、音や光を出す魔道具を使って魔物達を誘導させていた。

彼らは魔法や魔道具を駆使して、逃げる個体と向かってくる個体を上手く同士討ちさせていた。魔物のことを熟知しているからこそできる芸当だ。

「ラグナ、ただいま帰還致しました！」

各員の動きを確認していると、ラグナが空を飛べる魔物を蹴散らしてからこちらに戻ってきた。

彼はそのまま支援をしながら、全体の戦況を観察している。

「左右に分かれたのは、北にいる魔物がそれだけ怖いってことなのかな。なんにせよこの調子で掃討戦を……」

「GYAAAAAAAAAO‼」

僕がそう命令をしようとしたタイミングで、突如として辺りに咆哮が響き渡る。

キィンと耳の奥に鋭い痛みを感じながら、声がした方へと顔を向ける。

その方向は下ではなく上。見ればそこには、ほくろほどの大きさの何かがいた。

こちらに向けて徐々に大きくなりつつあるシルエットを見て、ヒッとどこかから声が上がる。

「あれは……ドラゴン⁉」

「GRAAAAAAAAA‼」

あれほど距離が離れているにもかかわらず轟く大音響。あの距離でこれだと、近くで聞くと鼓膜が破れてしまうかもしれない。

ドラゴンはこの世界において吸血鬼や大精霊と並んで最強格の一角を成しているモンスターだ。

そのランクは――A。

Aランク冒険者パーティーが必要とされ、一体だけで街や国を滅ぼすことすら可能な魔物だ。

大量の情報が脳裏に浮かぶ。

もちろん準備はしてきた。

身体を横に向ければ、そこには剣に手をかけるラグナの姿があった。

「やれるかい、ラグナ」

「私はアスタ様を守るための剣――ご命令とあらば、竜すら屠《ほふ》ってみせましょう」

それだけ言うと、ラグナは宙へ駆け上がった。

ぐんぐんと進んでいくラグナの姿が、すぐに小さくなっていく。

「ドラゴンは翼を傷つければ飛行能力がなくなる！　だからまずは右翼に攻撃を集中させて」

拡声の魔道具を使いながら指示を出す。ラグナがいなくなった今、指示出しは僕の仕事だ。

全員が魔法杖を竜へと向ける。

そして……最後の戦いが始まった。

「おおおおおおおおっっ‼」

「GRAAAAAAAAAA‼」

縦横無尽、そして変幻自在。

一年ぶりに見るラグナの本気は、僕が理解できない領域へと足を踏み入れていた。

ドラゴンがかみつき攻撃を放てば、彼は既に背に乗り剣を突き込んでいる。

身体を動かして振り払おうとすれば、移動した彼は既に下に回り足を切りつける。

ドラゴンの必殺の一撃である、人間を蒸発させてしまうほどの高温で放たれるブレスを吐いても、ラグナは既にそこにいない。二発目からは顎下に飛びブレスを口の中で暴発させてみせた。

僕達が援護をする必要があるのか疑問に思うほどに、ラグナはドラゴンを圧倒していた。

「ぐ……おおおおおおおおおっっ‼」

見ればラグナはその目を血走らせながらも、しっかと剣を振るっていた。

狂戦士としての狂奔をその身に宿しながらも、彼は僕を守るために戦っている。彼は狂戦士であるのと同時に、どんな人間よりも騎士であった。

「これデ……終わりだっ‼」

援護の魔法杖を食らい態勢を崩したその瞬間を見逃さず、ラグナは天へと駆け上がった。

そして頭上より、両手で構えた剣を振り下ろす。

竜の頭に振り下ろされる魔剣が、その硬い鱗を貫く。

ドラゴンもろとも落下していくラグナ。

ドッッガアアアアアアアン！

地に落ちる瞬間のインパクトすら突きの威力に変え、ラグナは天翔《かけ》るドラゴンを地面へと縫い付けてみせた。

ラグナの剣を中心として、地面にクレーターができ上がる。

ドラゴンは一度立ち上がろうとして頭を起こし……そのままバタリと地面に倒れ伏す。

そして……二度と起き上がることはなかった。

地面に振り落とされたラグナはゆっくりと立ち上がり、その拳を高く掲げた。

「「「う……うおおおおおっっ‼」」」

その勇姿を目に焼き付けた全員が、雄叫びを上げる。

この日、獣人達を襲っていた魔物の問題は解決し……そしてこの地に、新たなドラゴンスレイヤーが誕生するのだった。


「ふぅ……」

領主であるミスタレアは、執務室で一人ため息を吐いていた。

ただ嘆息《たんそく》をこぼしながらも、彼の資料をめくる手が止まることはない。

目の前にある資料の文字を猛烈な勢いで読み進めては、決裁の判を押してゆく。

常人からすると目を剥くような速度ではあるのだが、自身の体調管理もまた領主の務めであると思っているミスタレアは、自分の不調を自覚せざるを得なかった。

（やはり疲れが溜まっているな……もう俺も若くない、か……）

剣聖の天職を持ち常人の域を超えた彼にとって、書類仕事などあってないようなもの。

睡眠時間を削ろうが何時間ぶっ続けで作業をしようが、それほど体力を使うものでもない。

そんな彼が不調になる理由は、精神的なものに他ならない。

「アスタは元気にやっているだろうか……」

ミスタレアのアスタに抱く感情は、正直言って複雑なものだ。

けれどそれでも彼は自分の愛しい息子の一人である。

元気でやっていることを願ってやまない親としての気持ちに嘘偽りはない。

「……いや、あいつのことだ。間違いなく元気にやってるな」

幼い頃のアスタは、正真正銘の神童だった。

非常に早熟で好奇心が強く、家庭教師が暇乞いをするほどに知識の吸収速度が速かった。剣の上達も上二人よりも明らかに早く、純粋な出来で言えば幼少期の自分と比べても優れていただろう。

暇さえあれば本を読む大の読書家であり、また領主として必要である先天的な視座を誰よりも持っていた。

その目はまるで未来を読み通しているようで、恐ろしいことに辺境伯家を富ませたアスタの献策《けんさく》は、一つや二つではなかった。

当の本人に跡目を継ぐ気があれば、そして彼の天職が戦闘職であれば……何度も考えたそんな考えが、再び頭をよぎる。

「領地に向かってからこちらに連絡は来ていないが……またとんでもないことをしでかしているに違いない」

アスタは突拍子もない方向へ、躊躇《ちゅうちょ》なく進んでいく人間だ。

領地でも周囲の人間を困らせているに違いないという、ある種の確信があった。

アスタが領都を後にして半年ほどが経つが、連絡は一度も来ていない。

便りがないのがいい便りとも言うが……ミスタレアからすればこの半年で自分の息子が何をしでかしたのか、正直気が気ではなかった。

「辺境伯閣下！　パウロ商会のウルザ様がやって参りました！」

「とうとう来たか……」

息子の情報を得られる良い機会なのだが、ミスタレアの心持ちはまるで凶悪な魔物と対峙する時のようだった。

一体びっくり箱の中には何が入っているのか……好奇心と恐れがない混ぜになりながらも、ウルザを待たせている賓客室へと向かう。

するとそこには話を聞きつけてやって来たらしいカルロスの姿もあった。

明らかにそわそわとしている様子の息子を見て、ミスタレアは苦笑した。

カルロスもアスタが元気にやっているか気を揉んでいたので、気になって仕方ないのだろう。

「辺境伯閣下におかれましては、ご機嫌麗しゅう」

「ああ、まずは何を持ってきたのか聞かせてくれ」

大量の物品を持ってきているという話は聞いているので、まずは商談を済ませてしまうことにした。こちらがアスタの情報を欲しているということを知られて下手に足下を見られないように、手短に終わらせるのがいいだろう。

ウルザの様子は、前に会った時とほとんど変わらなかった。それどころか、以前と比べて活き活きしているようにも見える。

どうやら向こうの生活はそこまで厳しいものではないようで、まずは一安心である。

北部辺境との品目でしばらくの間は一番多くなると目されているのが、北部の魔物素材を使って作られる魔道具である。

おそらく領内で産業が育つまではアスタが自分の力で金銭を工面するだろうというのが、彼の予想だった。

「こっちが重量軽減のバッグ、そんでこっちが……」

ウルザが収納袋から出していく商品を見て、彼は自分の予測が当たっていることにほくそ笑む。

ちなみにミスタレアは、ウルザが収納袋を使っていることには突っ込まない。

アスタの魔道具に関しては、いちいち突っ込んでいたらキリがないからだ。

けれど次に出てきたものは、彼の予想の斜め上だった。

「ほんでこっちが今後売り出していく予定の革の細工品ですね。財布にポシェット、リュックに手袋……」

「こちらは魔道具ではないのか？」

「はい、アスタ様が領民には自分達でお金を稼げるようになってほしいからと、まずは革産業を仕込んでいる最中です」

（アスタがまた何かやってる……っ！　産業は仕込んだからどうにかなるようなものではないはずなんだが……っ！）

思ったが口にはしなかった。なぜなら彼は辺境伯だからだ。

内心では驚きながらもそれを表には出さず、とりあえず製品を確かめてゆく。

ちなみにカルロスは驚くほどに嘘が下手なので、めちゃくちゃ思っていることが顔に出ていた。まだまだ領主を継がせるには不安が残るな、などと考えていると少し落ち着いてきた。

冷静に商品を観察してみると縫製が甘いところはあるが、庶民向けの商品としてなら十分に売れるだろう。

問題なさそうなのでウルザに売買の許可を出しておく。

今後クオリティが上がるのなら、最悪これで物納という形もオッケーということにしておこうと皮算用をし始める。

その間にも次々と新しい商品が出てくる。

既に用意している木箱の中がいっぱいになっていたが、突っ込まなかった。

なぜならアスタの魔道具に関しては（以下略）。

「そんでこっちが……ふふっ、今後うちの領地の目玉商品になる予定のものです」

「これは……なんでしょうか？」

ゴトリとウルザが箱の上に置いたのは、風呂敷に包まれた何かだった。

開いてみると中には、見たことのない茶色っぽい塊が並んでいる。

塊の形はいびつで、茶色の濃淡にもムラがある。美術品の類ではないだろう。

いくつかに切り分けられているらしいそれを手に取ってみると、ずっしりとした重量があった。

「これは……なんなのだ？」

首を傾げているカルロスとまったく同じ感想を口にしたミスタレアに、ウルザがニヤリと笑みを浮かべる。

「少し削り取って口に含んでみてください。そうすればすぐにわかるかと」

「ああ、わかった」

ミスタレアは後ろから前に出て毒味をしようというメイドに手をかざし、胸ポケットから取り出した短刀を使い、短く切ったそれを口に含む。

「――っ⁉」

口の中に訪れた、圧倒的な甘みの暴力。

まさか、そんなはずは……と手元を見る。

思わずもう一欠片を口に含み、そして味見をしたカルロスの顔が幸せそうにほころんだこと
で、これが自分の錯覚でないことを悟った。

「これは……砂糖なのか」

「はい、アスタ様が領内で砂糖の生産に成功致しましてぇ。ちなみにこの塊は棒砂糖《ぼうさとう》というそ
うです」

現在王国内に砂糖が生産できる領地は存在していない。

その多くを南からの輸入に頼っている現状では、砂糖は多くの人が求め、そしてそのほとん
どが口にできない超のつく高級品である。

それをこんな風に生産ができる。

彼の前にある棒砂糖はざっと見ただけで二十本はある。

これを砕いて一般的な粉の砂糖にすれば、果たしてどれだけの値段がつくことか……考える
だけでめまいがしそうだった。

「これは安定して生産できるものなのか……？」

「はい、現状でも月にこれくらいの量なら問題なく生産もできるかと思いますぅ」

砂糖の独占的な販売。それがもたらすものの大きさを理解し、ミスタレアは自分の息子が予想のはるか上をぶっ飛んでいったことを理解する。

だが考えればアスタの才覚は何も魔道具作りに限ったものではない。

彼は自身の手で、内政や開発など様々なことを行うことができる。

（もっとも、まさかこれほどのものが出てくるとは想像していなかったが……）

「ああ、あとですねぇ……」

「ま、まだあるのか⁉」

砂糖という信じられないものを出されて気が動転している辺境伯。

ウルザは彼に、たたみかけるようにこう告げた。

「実はうちらドラゴンを倒しまして……」

「……（絶句）」

言葉を失うミスタレア。その隣にいるカルロスは自分の想像の埒外《らちがい》のこと過ぎて、完全にフリーズしてしまっていた。

けれどアスタのやることとの後始末をつけてきた彼らは、それゆえに再起動するのも早かった。

ウルザから魔物の襲撃とそれに伴うドラゴンの襲来、そして撃退についての話を聞いた。

「大々的に喧伝《けんでん》する必要があるな……」

ドラゴン素材を引き取ってからウルザと別れる。

彼女の姿が見えなくなってから、ミスタレアはガクッと肩を落とした。

まさかここまでいろんな物を持ち込まれるとは思っていなかった。

ひょっとすると自分の息子への評価は、まだ過小なのかもしれない。

竜滅者……ドラゴンスレイヤーが生まれることには大きな意味がある。

それはドラゴンスレイヤーの数が、そのまま領内の戦力とみなされるからだ。

どの道ドラゴン素材を捌こうとすれば、アスタ達がドラゴンを倒したことは、早晩人の耳に入ることになる。

そうすれば今まで見向きもされていなかった北部辺境にも、スポットライトが当たることになるだろう。

「……フッ」

今後のことを考えると気が重いが、それでもミスタレアは気付けば笑っていた。

いくらそれが想定外の方向であろうと、自分の息子が成長を遂げて喜ばない親はいない。

アスタが何を起こすのか……それを考えると、楽しみでならなかった。

（まあそれ以上に何をしでかすのか、不安でもあるんだがな……）

領主と親、二つの顔を持つミスタレアは複雑な気持ちを抱えながら、アスタの存在に気取られぬようにいかにして砂糖を売りさばくか、考えを巡らせるのだった……。

エピローグ

ドラゴン討伐に成功してから、半月ほどの時間が経った。

あれから獣人達は、以前より何倍も従順になった。

獣人の中には強さにこだわったり、僕達みたいな一回りも小さい子供達の言うことなんて聞けるかとプライドの高い人達も結構いたんだけど、彼らも僕やラグナがやって来ると平伏するようになった。

一度決まった力関係というのは、なかなか変わらないらしいので、これで人が増えることによる治安の悪化なんかを気にすることはなくなった。

ただ魔物達に追い出される形で大量にやって来た獣人達が増えたので、あらかじめ作った小城壁では少々手狭になってしまった。

そのため僕達は現在、更に大型の城壁を造り上げている最中だ。

「いーち、にーっ……ストップ！」

僕の目の前で、獣人達が小城壁に取り付けていた大砲型の魔法杖を持ち上げ設置していく。

僕が収納袋でちゃっちゃとやってしまおうと思ったのだが、獣人の皆が自分達がやると言って聞かなかったのだ。

こんなことで僕の手を煩《わずら》わせるわけには……ということらしい。

そんなの、気にしなくてもいいのにね。

「アスタ様、今回作っている城壁は、なんで前のとは形が違うんですか？」

「それは小城壁で防衛をしていた時に感じた改善点を修正し、盛り込んでるからだね」

小城壁より一回りほど大きい、高さ七メートルほどの巨大な城壁。

僕らが修正したものの中で一番大きいのは、やはり形の変更だろう。

あの四角形の城壁だと、迎撃の際に魔法は横一線になって放たれる。

大量の魔物を倒す時にはそれでいいんだけど、強力な魔物に対した時に火力の集中がやりにくかったんだよね。

だから今回の城壁は円形にして、狙いをつけた際に火力が集中できる形状にすることになった。

その分建築の難易度も上がっているけれど、以前城壁を造った経験があるからか、皆の作業のスピードは明らかに上がっていた。

魔法杖の取り付けを視察してからそのまま横にスライドしていくと、今度は城壁を築き上げている班の姿があった。

作業する人員を班分けして、その速度と質によってボーナスを支給する。

豊臣秀吉を参考にしてやってみたんだけど、これのおかげで作業効率は更にぐんっと上がった。

僕の目の前で、みるみるうちに土が盛り上がり、そして固められていく。

ただの土壁が鉄壁以上の硬度になるんだから、魔法って本当に便利だよね。

「魔法みたいだなぁ」

「みたいというか、魔法そのものでは？」

「……ふふっ、そうだね」

魔法がない世界の記憶があるからこそ、目の前の光景がどこか現実離れしている。

でも僕は今、この世界を生きている。

この場所こそが僕の居場所で――僕にとっての現実なのだ。

「アスタ様、現場から報告が入りました。今日中に全ての作業が終了する見通し、とのことです」

「了解、それなら頑張ってもらった分をねぎらおう。今日はドラゴン肉を出そうかな。それと虎の子の、最近作り始めた蒸留酒も出しちゃおうか」

僕が設計図を出し、酒好きのマーテルが試作品を作った蒸留器。

作ったのは連続式蒸留器なので味はかなりシンプルだし熟成もしていないので味もきつめらしいけど、ビールやエールくらいしかないここでは、ただ強いお酒というだけで高い価値があるからね。きっと皆喜んでくれるだろう。

セバスは何も言わず、こくりと頷いた。

そして次の瞬間にはその場から消え、自分の仕事に戻る。そういえばセバスの天職ってなんなんだろうか。身のこなしがただ者ではなさそうだし、もしかして戦闘系の天職だったりするのかな……？

あ、今隣にいないラグナは、僕達に追い払われて散り散りになった魔物の掃討作業の最中だ。まだ来てもらっていない他の獣人達への魔物被害が少しでも抑えられるといいんだけどな。

と、そんなことを考えながら見回りをしているうちに日が暮れ始め、ボーナスを支給していると騎士団を連れたラグナが帰ってきた。

それと同じタイミングで、城壁の建築作業も無事終わった。

これで明日確認をして問題なければ、大城壁の内側を開放することにしよう。

大城壁が囲っている区画は、最大で二万人ほどの人員を収容できる想定で作った巨大なものだ。

ここまでの大きさになってくると、これはもう集落とはいえないだろう。

だから落成を記念して行うパーティーで、改めて発表をしよう。

僕達の手で造り上げた――この城塞都市の名を。

城壁の完成に、皆は沸き上がっていた。

全員が暮らしていくには、小城壁の内側は少し手狭だったからね。

僕は老若男女を問わず、この場所で暮らす全員を呼び出すことにした。

大城壁の内側にある大広場。

全員を収容しても余裕がある場所で、土魔法を使って造り上げた壇に登る。

皆の視線が、僕の方へと向けられている。僕の方からも、皆の顔を見ることができた。

ルナ、ラグナ、セバス、マーテル達、僕を信じてついてきてくれた皆。

狼族、狸族、狐族に獅子族……僕がこの領地にやって来てから、僕達に従ってくれた皆。

どちらもかけがえのない存在で、そして領主である僕が義務と責務を持たなければいけない領民でもある。

「えー、こんなに早く城壁ができたのは、皆が頑張ってくれたからです。本当にありがとうございます。そのお礼として、今回は久しぶりにドラゴン肉を出そうと思います」

僕の声にあちこちから歓声が上がる。

ドラゴン肉を振る舞うのは、ドラゴン討伐に成功したあの日以来だ。

一度口に含めば無我夢中で頬張り、気付いたらお腹だけが膨れ上がっている。

ドラゴンの肉は中にヤバい成分でも入っているんじゃないかと思ってしまうほど、恐ろしい食材だ。

「えー、それでは乾杯の音頭……の前に、一つ報告を。現在名前のついていないこの場所は、元はグラムさん達が暮らしている集落でした。けれど今回、こうして改めて城壁を建築するにあたって決めていたことがあります。それはこの場所――城塞都市に、そして僕の治める領地そのものに名前をつけることです」

本拠地に決まった時点で、僕はこの築き上げた都市につける名前を決めていた。

そして一緒に父さんを始めとして王国内で取引をするにあたり、僕の領地にも改めて名付けをさせてもらうことにした。

いつまでも北方辺境では、さすがに格好がつかないからね。

「この城塞都市の名はリベット……そして僕が治める北部辺境全域を、ハクシュウと名付けます。ですのでこの場所はハクシュウの都市リベットになるわけです」

リベットは王国語で豊穣を意味し、ハクシュウは前世知識の州から発想をもらってつけた名だ。

全員が意味を理解しているわけではないようだけど、とにかく名前が決まりあちこちから賛美の声が聞こえてくる。

どんどん大きくなっていくそれは気付けば合唱になり、皆のボルテージが最高潮に上がったところで僕は高く、拳を掲げた。

「それでは都市リベットの城壁の落成を祝して――乾杯ッ！」

「「「乾杯ッ‼」」」

この場にいる皆が、笑みを浮かべている。

今こうして皆を笑わせることは、僕一人ではできなかっただろう。

けれどこうしてはしゃいでいる彼らの笑顔のその一助になることができたのなら。

領主としてそれに勝る幸福はない。

「アスタ様、良い眺めですね」

ルナが目を細めながら皆を見渡し、

「さすがアスタ様です！」

ラグナは相変わらず僕のことを手放しで褒めてくれる。

「アスタ様、くれぐれも慢心なさらぬよう……ですが今くらいは、ゆっくり過ごされてもバチは当たらないでしょう」

セバスは僕の気を引き締めてくれる。

皆僕の得がたい仲間だ。

文化や慣習の違う獣人達との暮らし、今後更に増えるであろう住民や王国との往来。

考えなければいけないことは多いし、不安もないと言えば嘘になる。

でも……彼らと一緒ならきっと大丈夫。

皆で力を合わせれば、どんな困難だって乗り越えられるはずだから——。

あとがき

初めましての方は初めまして、そうでない方はお久しぶりです。

しんこせいと申す者でございます。

自分は最近ウイスキーにハマっておりまして、休肝日も取りつつ楽しくお酒を飲んでおります。お酒を始めたことで、最近自分という人間にも物欲があることを知りました。

気になる銘柄の新作や限定品、そしてウイスキーのくじに福袋……買い出したらキリがありませんので慎重に吟味しております。くじと福袋は始めたら沼りそうな予感がビンビンしていますね。ソシャゲのガチャ沼に入る人の気持ちが今ならよくわかります。

お酒の値段はピンからキリまでありますが、それぞれ良さがあると個人的には思っています。
二、三千円の価格帯だとお財布に優しく、基本的には若いものが多い。なのでアルコール感が強く何かで割って飲むのがメインになります。ただ割って飲むと度数が落ちてがぶがぶいってしまうため、結果として摂取するアルコール量が増え過ぎるし減りも早くなってしまいます。
自分はなんやかんや、一本五千円くらいのそのまま飲んでも美味しいと感じるやつを、ストレートやロックでちびちびやるのが性に合っているかもしれません。日割りで計算すると、案外コンビニでお酒を買うのと変わらないくらいの値段で楽しめますしね。

最近飲んでいるのはニッカのフロムザバレルとサントリーの知多ですね。基本的には甘いお酒が好きみたいです。

今気になっているのは山崎です。早く定価で買えるようにならないでしょうか……。

ちなみに一本一万円以上のお酒は、高くてなかなか飲めません。

うちに二本だけあるんですが、これを開封するのは何かとってもいいことがあった時にしようと決めています。

次に仕事に進展があった時に、お祝いで開けたいな……などと考えております。

謝辞に移らせていただきます。編集のM様、いつもありがとうございます。

今作は少し変わった構成をしているのでいつもと勝手が違い戸惑わせてしまったかもしれません。お手数おかけしました、次もよろしくお願い致します。

そしてイラストレーターの.suke様、ありがとうございます。アスタがとってもキュートで素晴らしかったです。

最後に、今こうしてこの本を手に取ってくれているあなたに何よりの感謝を。

この本があなたの心に何かを残すことができたのであれば、作者としてそれに勝る幸せはありません。

それでは、また。

しんこせい

自重しない転生付与術師のらくらく辺境開拓
～追放されることはわかってたので、すでに準備は万端です！～

2025年2月28日　初版第1刷発行

著　者　しんこせい

発行人　菊地修一

発行所　スターツ出版株式会社

〒104-0031　東京都中央区京橋1-3-1　八重洲口大栄ビル7F
TEL　03-6202-0386　（出版マーケティンググループ）
TEL　050-5538-5679（書店様向けご注文専用ダイヤル）
URL　https://starts-pub.jp/

印刷所　大日本印刷株式会社

ISBN　978-4-8137-9420-2　C0093　Printed in Japan

［しんこせい先生へのファンレター宛先］
〒104-0031　東京都中央区京橋1-3-1　八重洲口大栄ビル7F
スターツ出版（株）　書籍編集部気付　しんこせい先生